U0936389

思索之苑

讲述韩国愚公的石头与树木之爱
以及人生故事

人民出版社

在这里，我发现了一个伟大的哲学。

在这里，我想起了一位圣人说过的话：

“在树林中，我们会学到比书本更多的东西。

岩石和树木会告诉我们任何人都无法传授的‘秘密’。”

——法兰西神父：克拉克·阿历克谢

精诚所至，金石为开

转瞬间，《思索之苑》一书在人民出版社出版发行已经十一年了，在此期间，思索之苑在成范永先生的率领下，又取得了许多重大进展，如苑内面积进一步扩大，增加展出了许多新的盆栽艺术，于2007、2012年分别举办了两次“韩中建交暨思索之苑开苑十五周年、二十周年庆典活动”等等，思索之苑在全世界的影响越来越大，成了名副其实的“世界名苑”。

2015年，中国的教育学家把成范永先生造苑的事迹写入了《历史与社会》教科书；2016年11月，思索之苑获得中国国家旅游局(CNTA)实施的中国出境旅游优质服务供应商资质认定，显示了对他的高度认同和评价。成先生的事迹确实很励志：年轻时毅然舍弃在首尔舒适富裕的生活，只身来到当时还荒凉闭塞的济州岛垦荒建园，为了实现梦想，栉风沐雨，克服了种种常人难以想象的艰难困苦，苦干几十年，终于成就了今天的“思索之苑”。这种为梦想而终生拼搏的精神，对每一个有志成就一番事业的人都具有楷模意义，特别值得青年学子认真学习。

到过思索之苑的人无不惊叹，苑内盆栽艺术的精美绝伦和巧夺天工，世界级的专家们把它赞誉为“世界最美庭园”。艺为心声，艺术是艺术家心灵的物化。艺术家的眼界、心胸、格调决定了他所创造的艺术境界的高低。这个最美庭园的缔造者——成范永先生，自称“农夫”，穿着济州岛自产的粗布衣裳，粗糙而宽大的手掌，握起来热情有力，饱经沧桑的脸上，永远挂着和善亲切的微笑。似乎与艺术无缘，但接触过他或读过他这本书的人都会惊异于他不仅是个杰出的植物学家，也是个真正的艺术家、哲学家。他在这本书里所表现的智慧与哲思：如道法自然、人性与品性，以及把每一株植物视为有生命的个体的那种大爱与仁厚之心；他尊重自然规律，与艺术相依为命：为一棵松柏受到伤害而痛苦，为它精心疗伤，也为一棵梅花的成长而欢欣，晨间向桧树问好，月下与柳荫对话……万物皆有灵，他的精心呵护，换来了满园艺术的笑舞东风，而自己又从中得到了许多乐趣、许多思考、许多启迪。

中国传统文化注重真、善、美的统一，主张天人合一、知行合一、情景合一，认为天道和人道的统一就是人类和谐美好的社会。如果说思索之苑是天人合一、情景合一的境界，那么成先生则是知行合一的典范，他那种对人——无论陌生还是亲密，对物——不分弱小还是强壮，都呈现一片赤诚之心，正是这种境界的真实体现。2007 年我和一批朋友受邀参加成先生举办的庆典活动，成先生动员全家为这个活动尽心尽力，让我们所有参加活动的朋友感动万分。此情此景，至今仍在眼前闪现。

在充斥着物欲横流的世界，无爱心、无敬畏、无底线正是万恶之源。成先生这种大爱、博爱与真诚，不正是我们今天最需要倡导的吗？他把一个“盆栽艺术园”命名为“思索之苑”不也是值得我们认真反复“思索”的吗？

是为序。

2017 年 2 月 16 日于北京

（作者系人民出版社社长、全国政协委员）

在平和与幸福的庭园里

思索之苑的主题是“平和”。我希望人们能摆脱世俗的喧嚣，来到这宁静与平和的庭园，欣赏自然，思索人生。思索之苑是由大自然的树、石、水组合而成的，是为人们而建造的庭园。我真诚希望它能给人们带来心灵的平和与幸福。

对我而言，最幸福的时刻莫过于在思索之苑里看到一张张充满幸福的笑脸。如果这座庭园真能给人们带来了平和、愉悦的心境，那就是我最大的快乐了。

整天待在思索之苑里，难免会遇到人们提出的各种有关盆栽与树木的问题。解答了一个问题，接着就会提出另一个问题，问题总是一个接着一个。无论是刚开始对盆栽与树木感兴趣的人，还是研究树木多年的所谓“懂树”的人，都会有一两个不解的问题。在相互交谈的过程中，往往是一个问题会引发出另一个新的问题来。当初，我就是怀着这种好奇心开始学习盆栽的。我非常理解他们的心情。然而，提问与解答不可能无休止地进行。

望着流连忘返的人们，我想，看来人们需要一本有关盆栽与树木的书籍，能否把我平时的想法整理成一本书呢？于是，我便着手整理平时零星写下的一些文章。这些文章大都是这些年来我在各地讲课或在杂志上发表的内容，对欠缺的部分重新做了修改和补充。我希望这本书能对喜爱我们思索之苑，热爱盆栽与树木的人们有所帮助。

“思索之苑”的问世，我要感激的人实在太多。然而，我心里最感激的还是这块上天赐予的黄金福地—济州岛的自然环境。适宜树木生长的阳光和蓝天，青山和田野，还有这里的风和雨，独厚的气候和土壤，造就了今天的思索之苑。

我打心眼里感谢让我与济州岛结下不解之缘的朋友和附近的居民；感谢帮助我这个外乡人在此落脚的金京石社长夫妇；感谢为思索之苑的施工给予大力支持的人们；感谢称赞一介农夫建造的庭园为“世界最美庭园”的前中华人民共和国国家主席江泽民和胡锦涛，以及中国各界的领导；感谢世界各国知名人士对思索之苑的赞美和对我的鼓励；感谢国内外舆论界人士的热情支持；感谢在本苑因 IMF 陷入困境时鼎力相助的济州岛政府；此外，还要感谢许许多多在我最需要帮助时伸出援手的好心人。

与此同时，我内心深处总是对一些人怀有深深的歉疚。他们就是每天起早贪黑，在苑里默默付出的职工们，还有毅然放弃都市红火的事业，伴随固执的丈夫来到这里，大半生与土石树木打交道的妻子，还有每天与职工一道同甘共苦守护着思索之苑的儿子和女儿。对他们我总是歉疚在先。在此，我向他们表示我内心的无限感激与歉意。同时，希望为了思索之苑更加美好的未来再接再厉。

庭园总是喧嚣的。“喧嚣的宁静”，这是庭园这个小宇宙的转动原理。也许在很多人看来，庭园里的生命是在自己生长，自己开花，自己结果的。其实不然，它们为了冒出小米粒般的新芽，为了绽放一朵小小的花蕾，要从几个月，甚至几个季节前就开始计划着，准备着。因而，懒惰者是无法守护庭园的。

庭园是一个让勤劳者更加勤劳的地方！那里总是有等待我的树木。因而，我的所有故事都是从树木开始，在树木中结束。对我而言，栽培树木的事情就是恋爱，就是劳动，就是思索，就是学习。此书就是我和树木相爱，劳动，思索，学习的记录。我不是作家，是一个肚子里没有多少墨水的农夫，写书有些心有余而力不足，但我想与所有热爱树木的人们分享我的心得，分享与“树木”交流的愉悦和美丽的秘密！

成范永

2015 年 12 月

写在修订增补本出版之际

1992年7月30日，思索之苑以“盆栽艺术苑”的名称正式开园。2004年出版《思索之苑》后并用“思索之苑”这个名称。2007年举办开园15周年暨韩中建交15周年纪念活动时，正式更名为“思索之苑”。2016年，修改书中的商号及部分内容，重新出版此修订增补本。中文的修订增补本将于2017年初出版。创业46年，开园22年以来，思索之苑历尽千辛万苦走到了今天，被世界级的专家们誉为“世界最美庭园”。但是，庭园还有诸多不尽如人意的地方。我希望通过修订增补本来回报世界各国朋友对本苑的关心与喜爱。

2017年1月18日

目 录

1. 栽培树木的乐趣

春天，树木绽开花蕾的时间是短暂的，
然而，树木和我对那一刻的等待却是长久的。

培育梦想的树木

盆栽与人

在我童年的时候，每到春天，故乡的后山坡上就会开满野百合、金达莱、樱花等各种花儿。邻居有位老先生，他在自家100来坪的庭园里种植了许多美丽的花草，仿佛世间的美丽和神秘都集中在那里。每到花开的季节，我就深深被老爷爷的庭园所吸引，总是不由自主地往那边跑。可是这位老爷爷却不让孩子们靠近庭园半步。我常常站在远处，伸着脖子偷看那个牡丹花、山踯躅、野百合等各种鲜花盛开的庭园。我时常想，假如当年那位老爷爷不是那么严厉，每天让我看个够，那会是什么结果？那么还会有我今天的盆栽人生吗？

我毅然放弃首尔那个虽然不大却生意火红的店铺，来到济州岛这个只在广播里听到的地方，购买地皮，历经千辛万苦创建盆栽庭园。我想这一切也许正是童年时期喜爱花草树木的强烈欲望，一直隐藏在我内心深处的缘故吧。

从事盆栽并不是我一时的浪漫与冲动，可脑海中却一直抹不去童年时期老先生那神秘的庭园。

与树为舞一晃已近半个世纪，一头浓密的青丝变成了稀疏的白发。多年来，我每天与树木为伴，向树木倾注一片真情，而从树木的身上却得到了比我的投入更多的惊喜，还有与人交流的喜悦。

盆栽素材大都生长在风大石多的岛屿环境中。树种随风飘落到岛上的某个角落，然后在那里生根发芽。如果有岩石挡着生长还比较顺利，但它长得比岩石更高，生长到岩石外，那么就要受到大风的袭击。阳光雨露会使树木枝繁叶茂，茁壮成长。可是如果有一天，一股强烈的台风袭来，树木就要与台风进行顽强搏斗，最终它会在台风中失去很多树枝。虽然经历许多痛苦，留下无数创伤，但它们顽强生存下来。台风过后，树木会重新整理自己，第二年长出新枝。然而，又一场台风刮来，再次无情地折断树枝……

树木的生长活动是永无休止的。在如此反复中，树木只剩下最精粹的部分，那么自然就成为了盆栽木。折断的树枝就会形成一个个树节，表皮上会留下岁月的年轮。经受的痛苦越大，与大自然搏斗的痕迹越多，树木的形态就越奇特，就越会受到人们的喜爱。人也是如此，经受风雨的洗礼和考验越多，生命力就越旺盛，竞争力就越强大，就会变得更加美丽。

仔细观察盆栽就会发现，每个盆栽都向人们传递着一种信息。我坐在苑里的朴树下乘凉，常常情不自禁地感叹它的美丽。朴树是济州岛常见的庭园树。济州岛每个地区的中心地段都有高大的朴树。它的树型十分优美，可以说具有艺术的天赋。望着朴树，我仿佛看到了它独自与狂风暴雨搏斗的情景。朴树的树型本身就是在与大自然顽强搏斗中形成的。艺术本身不正是在无数的苦难与抗争中形成的吗？

人们称枷罗木是生千年、死千年的树木。那么枷罗木长寿的秘诀是什么呢？一般的树木都是树干越粗，其树根也越粗。可是枷罗木却不同，即使它树干十分粗壮，它的根须却细如葱丝。由于根细，它吸水量不多，不喜欢阳光，生长十分缓慢。也许正是为了克服自身的这些弱点，它动员所有的积极因素为自身注入活力，顽强保持着生命力。由此可见，它的千年树龄是它不懈努力的结果。

枷罗木即使死了也不易腐烂，与生存的部分和谐共存，相得益彰，创造出一种新的美丽。所以，人称枷罗木是生千年、死千年的树木。从枷罗木的身上我们可以学到如何在激烈的竞争中生存下去的方法。

我们思索之苑里有一株树心已经腐烂的梅花树，树龄约在100年左右，在近处看就像把几株树木捆在了一起，十分粗壮。其实，它是一株树木，只是由于中间腐烂出了洞，所以里面变得很宽。通常，树木的木质部都较弱，表皮部坚硬。因此，老桩通常因中间腐烂，出现空洞化现象。树心腐烂，树的里面就会变得很宽，人也是如此吧，心底无私天地宽。在创建思索之苑的过程中，我遇到许许多多的困难。每当感到吃力和苦恼时，我总是从树木的身上找到力量。

花朵虽小，却芳香怡人的冬季梅花；外表华丽，却毒性很大的夏季油桃花；长得难看又不能吃，却散发幽香的木瓜；没有绣眉鸟做巢就不能开花，而开花之后在最鲜灵时凋落的山茶花；先长叶后开花的苹果树或梨树；先开花后出叶的红花朴箪木和梅花。

还有许多在各自的季节里开花的树木，每一种树木都以自己独特的芳香，春夏秋冬，朝夕变化着。

细细品味，每株树木都各有各的形态，以各种不同的生存方式，向人们揭示出自然的法则。最终会让人们在树木中发现不同的自我。望着树木，我心里常常说：“哦，原来是这样。是的，的确是这样。”我已经把自己的身心全部交给了树木，有时我觉得自己的一生就像一个求道记。

盆栽只有天时地利人和，才会营造出和谐的美丽。它接受天空之精气，在泥土中扎下根，在成长过程中经受大自然的洗礼，在人的心灵与宇宙的时光停留的地方刻下年轮。盆栽艺术本身就是在痛苦、忍耐与和谐中形成的。

盆栽不是在室内而是在室外生长，阳光、空气、风霜、雪雨会使它更加美丽。所以我认为，思索之苑里的盆栽并不是我自己制作出来的，这是人与自然共同创作的作品。

盆栽只有俯下身子，由下而上地观赏，才会看到它的美丽。欣赏盆栽要看它结实、美丽的根部，年轮的雄伟姿态，树枝伸展的方向，无人为雕凿痕迹的自然风格、均衡与和谐的树型、培育者的个性……

就像欣赏盆栽时一定要俯下身子，面对盆栽人们自然而然地会对大自然产生敬意与感激之情。在培育盆栽的过程中，我深深感到，盆栽就像是人类的导师，它们的身上充满了哲理性。

对我而言，苑里的每一株盆栽都像我的孩子。每当有游客问我哪个盆栽最值钱时，我心里很不是滋味。培育一株盆栽需要

陆松。

十年至三十多年的时间，无论刮风下雨，还是严寒酷暑，就像十指连心，每一株盆栽都时刻让我牵挂，每一株盆栽对我都同样珍贵，对它们都充满了无限疼爱与怜惜。

我时常对年轻人说，观赏盆栽时不要只看它的表面，而是要认真读读旁边的说明文字，对照一下自己。一株盆栽变得如此美丽，不仅树木本身经历了漫长岁月的痛苦，而且制作者也付出了多年的心血与辛劳。何况是人呢，要认真想一想，一个人要得到社会的认可和尊敬，父母和自己，还有周围的人需要付出多大的努力和辛苦。

我们从树木身上学到的真理和哲学会让我们受益终生。

木瓜树，像一位温和的先生

木瓜树的新枝上，已冒出了嫩绿的叶芽。不过，也许是放在阴面的缘故吧，它还没有开花，而阳面的木瓜树上，花儿开得正艳。浅粉色的花瓣，深粉色的花蕊，芳香怡人。小小的果实周围，不断生出许多新枝，一片片嫩绿的叶子也探头探脑地冒了出来。今年的春天，花儿开得格外多，果实也结了不少。触摸木瓜树的新枝，就会碰到上面的一层黏液。为何只有木瓜树才有这种黏液，我也不得而知。

相同的树种，往往也因所处的位置不同，开花期和着果都会有很大的差异，这主要与日照量有关。阳光对树木的开花和结果起着至关重要的作用。这是因为树木主要是通过叶子进行光合作用，以汲取成长的养分。

木瓜树的树皮是非常美丽的。光滑的树皮片状剥落，形成美丽的斑纹。春天进入成长期后，木瓜树的树皮上树液开始流动起来，树的体内开始长出新肉，表皮开始剥落。这时，树干表皮剥落的部位就会呈现出黄色细腻的新肉。

木瓜树的树干和树枝都很粗壮，表皮呈岩石色，形态巍峨，即有男性的威严，又有男性温和宽容的气质。如果以人做比喻，它就像一位宽厚温和的先生。木瓜树不分季节，容易嫁接，萌发力强。截枝后，伤口愈合快，树木之间接合较好。所以它很适合做盆栽木。是做庭园树和盆栽木非常有魅力的树种。

大的木瓜树背面大部分都有伤口，这是因为木瓜树大都是在坡度较大的地方采掘的。因此，与播种培育的实生苗木接合时，需要较长的复合时间。用比较大的苗木枝嫁接也可以，根部接合也很好。

我在栽培木瓜树时，对于小伤口一般不去管它。只是在截粗枝时留下的大伤口上，涂上一种叫做卡他软膏的伤口复合剂。这样，大伤口也会愈合得不留一点痕迹，但它需要几年的时间，如果疏忽大意就可能出现腐烂。不过，即使伤口腐烂了，树木也不会死亡，只是看上去不够整洁罢了。

地栽木瓜树移植到盆钵时，如果水分过大，表皮就会龟裂，导致死亡，因此要格外注意。依我的经验，上盆最好在深秋或初冬季节进行。等冒出新芽后，果实的大小不要超过林檎树上结的小苹果，要尽快移植。通常，庭园树会在表土部分发生根腐病，根部腐烂后就会死亡。如果及早发现，喷洒波尔多液等杀虫剂就有可能治好。不同品种的木瓜，结的果实也各不相同。有些品种易结果，有些品种则不易结果。糖木瓜属于比较容易结果的品

木瓜花。

具有男人品质的木瓜树。

种，而传统品种的木瓜结果需要很长的时间。

要让盆栽木瓜结出喜人的果实，需要有耐心和诚心。如果结的果实过多，就要给它摘去一些。摘果要在果实长到小橡子那么大时进行一次，稍大一些之后，要根据树木的情况，果实过多就适当地再给它摘一次果。如果树小果多，就会影响树木的生长，出现隔年结果的情况。因而，要考虑到木瓜树的大小和营养状况，只留下两三个或五六个果实就可以了。为了促进果实的发育，要给它施油粕肥，以补充营养。

欣赏木瓜树的最佳时期就是枫叶染红山坡的秋季。入秋后，金黄的果实挂在枝头，芳香袭人。为了这短暂的时刻，需要精心养护数年的时间。然而，到我们思索之苑的一些游客，似乎为了

木瓜盆栽。

验证木瓜果实的真伪，特意用手指甲去刮它，给它留下道道伤痕，有些人则干脆就把它摘走。对于这种人，我实在无法理解。每年结果实的季节，我都祈祷不要发生这种事情。

不久前，一位男士要向苑里的职工借一把水果刀。听到他借水果刀的理由，工作人员感到十分惊讶和气愤。那位男士说，他借刀是为了削一个在盆栽上摘下的梨。原来，梨是与这位男士同行的一位女士摘的。以我们思索之苑的规矩，盆栽上的果实是让其自然落果的，从来没有人特意去摘它，要与游客们一起分享结果的喜悦。

苑里有不少木瓜树盆栽，其中有十多个品种是 1980 年初我刚刚从事盆栽业时购进的。那时我就已经感觉到了木瓜树的独特魅力，先后购进 20 多株木瓜树。我自以为购进的都是优良品种，心里美滋滋的。可是一位从事盆栽的同行看过之后对我说："这也叫树吗？"

他的这番评论让我心里很不服气。我暗下决心一定要把它培育成优良树木。我拿来锯和剪子，将木瓜树的大部分枝杈剪掉，最后几乎只剩下了根部。对其进行修剪后，重新栽到了地里。因为有些时候，我们即使抱着侥幸心理留下树枝或树干，可最终树木也不会发生什么改变。

每年都要剪下基干的部分树枝，使树干变粗，同时增添新枝。随着时间的推移，木瓜树就会逐渐变得粗壮，惹人喜爱。在它的身上已经看不到最初的形态了，完全再生成另一株树木。就这样，历经十几年的精心养护，我终于把这株已经变得十分可爱的木瓜树重新移植到盆钵里。

盆栽木大都取材于自然，关键是如何根据树木的特点，对其进行高度概括和提炼，使之更具观赏价值。特别是木瓜树，它容易嫁接，成活率高，会取得更好的效果。好的素材很珍贵，不容易购进。不过，即使不太好的盆栽木，只要投入时间和努力，也可以培育成一株好盆栽。这就是木瓜树的魅力，也是盆栽的乐趣。

自生树种的价值

思索之苑的自生树种有韩国鹅耳枥、木瓜树、济州榆树、陆松等。木瓜树的原产地在中国和韩国。在韩国,主要分布在中部以南地区，特别是集中生长在庆尚北道地区。木瓜树表皮呈深褐色，习性喜温，多果，虽然不能吃，但到秋天果实成熟变成深黄色时，不仅美丽可人，而且飘香四溢。以木瓜树酿制的茶和酒，味道醇香，堪称极品。同时，因木瓜树非常适合做盆栽木和庭园树，因而深受造景师和盆栽爱好者的喜爱。

木瓜树盆栽通常在秋季的盆栽展示会上展出。入秋后，木瓜树鲜红的叶子和金色的果实，散发出醉人的芳香。

在展示会上，偶尔也会看到树叶全部脱落的木瓜树，光秃秃的枝头上，挂着金黄色的果实。粗壮的树姿和可人的果实相得益彰，即有一种精练的美，又给人以秋实的感觉。看到这样的木瓜树，常常会有人问树枝上的木瓜是不是假的。在参展的作品中，也曾有过以假乱真的情况。这是因为木瓜树的果实虽然硕大芳香，但它不能久留枝头，所以有时不得已采取这种以假乱真的方法。

说起木瓜，有件轶事不能不说。

访问我们思索之苑的华盛顿 DC 国立植物园盆栽博物馆馆长 Jack Sustic 特别喜欢木瓜树。前两次访问时他还是副馆长，后来晋升为馆长后又访问了几次。每次他都为不能把木瓜树带到华盛顿而感到惋惜。

美国是禁止进口木瓜树的国家。各国都有自己的植物检疫法，规定一些植物品种禁止进口，进口的规定也是五花八门。有些国家只要进行消毒，就可以带盆土一起入境。而有些国家则规定，必须把盆土全部弹净，把根部擦拭干净，并进行消毒，然后以水棉包裹后方可进入。当然，这只能在树木的休眠期冬季才可行。

无法带走禁品的 Jack Sustic 馆长，感到十分惋惜和无奈。为此，他给思索之苑出了个主意。他说："美国总统早晚会访问这里，到时请你们一定要把木瓜树盆栽作为礼物送给他，那么那个盆栽就会被送到盆栽博物馆来了。"因为，总统的专机在免检之列。

Jack Sustic 说，当时的美国总统克林顿非常喜爱盆栽。克林顿总统访问日本时，作为外交活动，日本向他赠送了一株名贵盆栽。他把这株盆栽转赠给华盛顿 DC 国立盆栽博物馆。此外，他在任期间曾先后三次光临盆栽博物馆观赏此盆栽，并作为答谢，

春天进入成长期后，木瓜树的树皮上，树液开始流动起来，树的体内开始长出新肉，表皮开始剥落。这时，树干表皮剥落的部位就会呈现出黄色细腻的新肉。

把美国产的盆栽回赠给日本。因为自己国家的总统如此喜爱盆栽，所以他相信总有一天总统会访问被誉为世界最美庭园的思索之苑。就这样，查尔深深地被木瓜树的美丽迷住了。

他还说，华盛顿 DC 国立植物园里没有韩国园，他请求我帮他把韩国园建起来。他热情邀请我到那里去访问。可是，由于诸多原因，我一直未能赴邀。2005 年，我应邀参加了在华盛顿 DC 举办的第五届世界盆栽大会。据 Jack Sustic 讲，到他那里参观的许多游客听说韩国的济州岛有一座世界最大的盆栽主题公园，都表示有机会一定到此来看一看。他还说，思索之苑在美国比在韩国更有名。

不仅 Jack Sustic 如此，世界许多国家的盆栽爱好者一直以来都对韩国的木瓜树等自生树种非常感兴趣。在盆栽文化十分发达的日本国风展和世界有名的盆栽展示会上，有不少以韩国木瓜树制作的盆栽被选为名木参展。

然而，看到我国自生树种名木，常常是既高兴又有些郁闷。因为韩国树木的美丽总是被别的国家先认识，先于我们承认它的价值。现在，我们应尽早认识到我国自生树种的价值，并加以保护。可不知何故，好树种却都到了别的国家。木瓜树的原产地在中国，因此每次访问中国时我都格外留意，可却一次也没有看到。有时我想它是否已经消失了呢。不过，最近偶尔会看到一些，不知是否是从我国引进的。

第五届世界盆栽大会

2005 年，第五届世界盆栽大会在希尔顿酒店举行。本次大会是由位于华盛顿 DC 国立植物园内的盆栽博物馆主办。我接到了第五届世界盆栽大会联合会长查尔的邀请函。这让我十分为难。那时我因砌石墙时腿部受伤，出行十分困难。但是我却无法拒绝多次访问思索之苑的查尔。想来想去，最终我决定到医院进行治疗后，腿上缠着绷带，一瘸一拐地去参加世界盆栽大会。

世界盆栽大会是一场向世人展示盆栽文化和盆栽艺术的盛会。看到国外对盆栽文化的重视，我想我们应该从他们的身上学习借鉴好的经验。现在我们的目光也该转向世界。韩国山清水秀，森林资源丰富，而且拥有强大的技术资源，良好的资源环境，这样的国家在世界上也是不多见的。只要我们再付出更多的努力，那么我们的盆栽在国际上也会崭露头角。

到达当天晚上，我拜访查尔委员长的家，就世界盆栽大会的举办过程和世界盆栽界的动向等进行了广泛交谈。那时他向我提议，在思索之苑举办一次世界盆栽大会。这是一个十分让我激动的提案。但是，我说，我还需要进一步研究盆栽，更多地了解世界盆栽动向。

他的提议足以说明，世界著名的盆栽家们对思索之苑的认可，已经把思索之苑作为庭园文化艺术，提到了世界盆栽艺术的

2005 年 5 月，应邀参加在华盛顿 DC 举办的第五届世界盆栽大会，在盆栽博物馆与 Jack Sustic 和会员们合影。

高度。如今很多人认为，思索之苑已经不是我个人的财产，而是济州岛的自豪，韩国的珍宝，世界的文化遗产。对我来说，通过文化和艺术，能与前来这里访问的世界朋友交流，共同分享喜悦，这是再幸福不过的事情了。

“What a special place this is. Truly a spirited garden. The garden, the bunjae and Mr.Sung himself should inspire us all to have a better understanding of natrue and how very special it is. The spirited garden has no rival!” –Jack Sustic

“这座庭园是一个很特别的地方。‘思索之苑’这个名字非常合适它。庭园和里面的盆栽作品，以及成苑长，给予我们认识自然的灵感，告诉我们大自然是多么独特！没有哪一座庭园可以与这里相媲美！”—Jack Sustic

痛苦挣扎的韩国鹅耳枥

在盆栽中再生

“看来得把它送回温室里去了。”

我的声音在我自己听来也显得那么苍白无力。

“不行！得让它继续在外面适应环境。”

姜科长果断地说。

“你看，它病得可不轻啊，怎么能让它继续留在外面？”

我走到韩国鹅耳枥前面说道。

“放在外面已经一个月了，怎么能让它重新回到温室里去。”

背后来姜科长坚决果断的声音。

“那，就把它挪到避风朝阳的地方吧。”

姜科长办事一向慎重，是非分明，所以我没有再坚持。

这盆韩国鹅耳枥盆栽是在地里栽培了几年之后，去年才刚刚移栽到盆钵里的大型盆栽。姜科长去找职工搬花盆的工夫，我仔细端详起它来。

韩国鹅耳枥大部分生长在韩国的中部以南，树杈较多，芝麻粒般的小果实上长着小翅膀。富有立体感的树叶非常美。但最吸引人的还是那白色的表皮，朴素而优雅。也许是在韩国自生的缘故吧，它似乎与被称为白衣民族的韩国人十分和谐。韩国鹅耳枥表皮也并非全部是白色的。有白色、黑色等不同品种，但大部分人都喜欢白色表皮的西木。韩国鹅耳枥的叶子非常独特，翠绿的条形叶子表面，叶脉突出，叶缘呈齿轮状。韩国鹅耳枥作为盆栽木备受人们的青睐。特别是日本人十分喜爱它，称它为“韩国鹅耳枥”，许多名木出口到日本。

从地里移植到盆钵里的最佳时期为初冬。所有的树木都不喜欢移栽，只是程度不同罢了。特别是韩国鹅耳枥，如果长得比较大，那就更不喜欢移栽了。

对移栽的树木，固定根部是十分重要的一环，绝不能让根部出现松动现象。所以埋好根后，要结结实实地捆好或用木棍支住，使其固定。通常老树桩，无论是地栽还是盆栽，移植后适应新土都要经历一番痛苦的过程。不过，剪根后第一次移植到盆钵里的树木所经受的痛苦会更大一些。

将树木从地里移植到盆钵时，应把又粗又长的根须剪掉。如果不剪掉的话，树木就不可能在狭窄的盆钵里扎下根。要根据树

把生长在大自然中的韩国鹅耳枥移栽到盆钵里，就会经历一番痛苦的适应过程。无精打采，毫无生机的韩国鹅耳枥，让人生出几许怜悯。看到树木经过痛苦的活着过程，重新焕发生机，更是惹人喜爱。

木的大小和形态选择花盆，再根据花盆的大小修剪根须，还要把从地里带出的泥土弹净。沾在根须上的泥土，弹得越干净越好。树根从地里带出的泥土，即原土如果不在移栽时加以清理，那么就永远无法将其清理干净了。以后如果在盆里生出新根，那么就自然会与原有的根须盘根交错，以后在翻盆换土时，想清除根与根之间的原土是不可能的。如果对残留的原土不进行彻底清除，那么随着时间的推移，土块就会板结，堵塞树根的呼吸孔，影响盆土的通透性，致使根部腐烂。

彻底清除原土后剪下的树根，移植到盆钵后会对新土不适应。树木将所有的力量全部集中在根的自救上，重新生长出细根，慢慢地适应着新土。

在树木根须中，吸取养分的并不是粗壮的根须，而是长在细根上的须子。树木为了吸取充足的养分，恢复根须的功能要进行一番痛苦的挣扎。

因此，盆栽树木的根须是否粗壮并不重要。通常用于盆栽的盆钵，中间都有一个小孔，侧面有四个小孔。在这些孔的两端伸进铁丝，捆住树木的根部，将其固定，以防松动。移植到盆钵里的树木，要以完全不同于地栽的方式去生存。

去年冬天移植到盆钵里的韩国鹅耳枥，眼下正痛苦地适应着盆钵生活，显得无精打采，毫无生机。在它们的身上很难找到百年树木的气势。上盆时剪下的树枝上，还残留着深灰色的伤口复合剂卡他软膏。树杈间可以看到一些在温室里生出的新枝。树的叶子都下垂着，令人生出几许怜悯。

不仅韩国鹅耳枥如此，所有移植到盆钵里的树木，第一年都要经受这种痛苦的挣扎，我们称其为根的活着过程。然而，结束活着过程，开始正常生长的树木，过了一定时间后还要重新剪根，因为只有这样树木才会永葆青春。

一般过了三四年之后，根须就会密布盆底。移植到盆钵里的树木大都是这样的。由于树根都喜欢潮湿，而盆钵底部保湿度持久，因而根的生长自然十分旺盛。如此一来，花盆底部的排水孔就会被堵塞，盆土就会被盘根错节的根须顶上来。即使浇足了水，也难以渗透排出，由于排水不畅，通透性自然就差，过了一定的时间后，就会使土块板结，盆土失去养分，不能发挥其作用。如果任其下去，根部就会出现腐烂。

翻盆换土可以促进根的新陈代谢，也会使盆栽树比地栽树保持活力，这也是盆栽树长寿的一个原因。翻盆换土后，在温室里过冬的树木，搬到室外后也要经历一个痛苦的适应过程，但与第一次移植到盆钵时不同，痛苦是只是短暂的。如果及时翻盆换土，精心养护，盆栽的寿命是无限的。

不过，最重要的是翻盆换土的时期。通常普通松柏类等生长较为缓慢的树木 4~5 年换一次，杂木类 3~4 年换一次。但这也不是绝对的。每天都要细心观察树木的状态，格外留意树木与盆钵的变化，观察盆土是否被顶上来，排水是否畅通，树木状态如何等。

翻盆换土的时间应选择树木的休眠期冬季。各地的气候状况不尽相同，但通常 11 月到次年 3 月为最佳时期。如果盆栽的树种多，那么就要在这个时期进行适当调整。

对于木瓜树等春天发芽较早的树木，换盆时间也要提前一些。这样换盆后在温室里过冬，来年春天搬到室外后就会正常生长了。树木移植到盆钵里或买来盆栽后，不能一放就是几年不管，要根据树木的生长情况，及时翻盆换土，这样才会延长盆栽的寿命。

十年等一回的树木

我和苑里的职工一道，用搬大型盆栽的手推车，拉着韩国鹅耳枥花盆，沿着庭园的观光线路走下来。来到台座前，我把手推车的托架顶到台座的石柱上，用力把住车把不让它移动。可是车轮似乎还在移动。

“来，我们一二三一起用劲。”

6 名职工围着韩国鹅耳枥树盆栽站好。这是一个长 1.5 米的长方形花盆。

“一、二、三！”

随着口令，大家齐心协力往上抬。似乎比刚才在荷塘边的台座上搬到手推车上时还费劲。当然往下搬和往上抬是不一样的。如果其中一人失去平衡，那么花盆就有可能摔到地上。所以大家都一脸紧张的神情。

把韩国鹅耳枥盆栽放到台座上后，在韩国鹅耳枥的树干底部包上水棉。水棉是把生长在澳大利亚或新西兰密林地带的青苔，进行高温杀菌处理后晒干的，可有效防止水分的蒸发。

在盆钵里栽种树木时，有时会故意让树根露出表土。虽然不是以赏根为主的根上盆栽，但让根略为露出会更加突出树木的苍老质朴，体现出一种古态美。盆钵里通常使用的磨沙土，通透性好，但水分容易蒸发。因此，刚移植到盆钵的树木，吸取水分有些困难，可以说这是活着的难点之一。

从地里移植到盆里的树木，活着过程通常在一年之后结束，但只有安全度过了春季生长期，才可以说度过了危险期。从第二年开始，生长活动就会旺盛起来。一般情况下，树龄越低，适应越快。而大型盆栽自然就会慢一些。

韩国鹅耳枥、牛鼻木或长寿梅等树木，如果错过了最佳移栽时期，活着就会遇到一些困难。特别是不喜欢移栽，树龄较大的韩国鹅耳枥，通常过了一两年之后才会恢复正常生长。因此，对韩国鹅耳枥和牛鼻木要格外用心浇水，而韩国鹅耳枥完成一次活着后，就不会发生病虫害，很好地适应盆钵里的生活了。所以，我很愿意向初学者推荐它。

在浇水管理上，初期难度比较大。如果经常浇水也不能满足生长的话，那么就要用水棉包住。水棉在湿润的状态下，可有效防止水分的蒸发，维持树根上部的湿度，这样有助于根的活着。

取木时也使用水棉。取木作为繁殖树木的一种方式，其特点是不进行播种培育也可获得已经成长的树木。取木方式多种多样，通常在空中取木时使用水棉。为了获得新的树木，取下树枝后，剥去部分表皮，用水棉将其包好，然后用塑料布捆住两端。

这样，就会从里面长出新根，将其剪下后移植到盆钵里。

我们苑里最近就是以这种取木方式繁殖了紫薇和榆树，以这种方法可以直接在树枝上获得所需要的树型，这在盆栽中是一种十分重要的繁殖方法。

这株缠着水棉的韩国鹅耳枥盆栽，是十多年前从全罗南道购进的，树龄大概在100年左右。从山上采掘下来之后，一直栽在木箱盆钵里，长得很好。我想让它的树枝更加粗壮一些，制作成盆栽大作。我的脑海中想象着粗壮的树干和树干两侧朝上逐渐变

● 韩国鹅耳枥盆栽。盆栽出于自然，更要美于自然，胜于自然。因此，树木造型要以树木固有的天性为基础进行构思。从这个意义上讲，这个有着百年树龄的粗干韩国鹅耳枥，粗壮的树干和两侧朝上逐渐变细的树枝，很适合制作曲干式树型。

细的树枝。也就是通常所说的曲干式树型。

盆栽出于自然，更要美于自然，胜于自然。因此，树木造型要以树木固有的天性为基础进行构思。从这个意义上讲，我觉得我构思的这个树型很适合这个高龄粗干的韩国鹅耳枥盆栽。由于它是盆栽大作，因而也适合我们苑里收藏。

美中不足的就是树干和侧枝的粗细不够均衡。可是在有限的盆钵中，想让侧枝变得粗壮不是一件容易的事情。

小型盆栽即使在盆钵里长久培育，也不可能成为一个盆栽大作。树木移植到盆钵后，大少一般不会发生大的改变。盆钵里的养分，对盆栽的生长质量和生长程度都是有局限的。它永远不可能长得像地栽植物那样高大。虽然能增生出一些小的树枝和根须，但树木本身不会变得高大。

因此，我决定将韩国鹅耳枥盆栽重新移栽到地里。树木从盆钵里移栽到地里对生长并无大碍。那些在狭窄的盆钵里不能伸展的树根，在地里就会自由向下延伸。就这样，我把韩国鹅耳枥盆栽移栽到了地里，等待它的树枝粗壮起来，这一等就是十余年。

去年 11 月，把地里的韩国鹅耳枥移植到花盆里时，动员了四名职工。我们在手推车里装上铁锹、钢锯、剪刀、塑料桶等工具到了地里。结果，整整干了大半天才完成这项作业。由于这株韩国鹅耳枥原本长得高大，而且树龄长，所以它的根十分粗壮，伸展范围很广。我们用铁锹将它挖出来之后，先用钢锯粗略地把树根锯下，然后把它挪到了工作室。在工作室里，我们用锯和修根的剪刀把粗壮的根剪下来。

洗根需要三道程序。一是用水管喷刷；二是用筷子弹掉缝隙里的泥土，然后用牙刷刷洗；三是用手搓泥。

工作室里低矮的旋转台上早已准备好了一个大型盆钵。在盆孔中插上铁丝，在里面已经铺好了洗净晾干的盆土。在盆钵中央堆起土，三人一起抬起韩国鹅耳枥放到上面。我们轻轻地晃着树木，使盆钵里的磨沙土均匀地铺开。然后，在盆钵里装满土，用小木棍不停地往下捅，不让它产生空隙，最后用一个小铁铲压一压盆土。长长的作业终于结束了。

不过这也是新的作业的开始。移植到温室后，绝不能出现缺水的情况，要密切关注树木的状态。就这样，移植到花盆里的韩国鹅耳枥，在温室内放了一段时间后，一个月前又把它挪到了室外。看到已挪到室外的韩国鹅耳枥盆栽，我心里有种说不出的成就感。

生千年，死千年的枷罗木

为枷罗木搓澡

外面下起了毛毛细雨。因为长得像电影演员约翰而被我们称为约翰的小陈，正在柿子树下专心致志地用牙刷刷洗枷罗木的白色树干。

小陈刷的那个白色的树干是枷罗木死去的部分。生长在盆钵里的枷罗木，粗壮的树干呈S型，树干的大部分已经死去，显得很苍白。那些白色的部分是雕凿之后在上面涂上药剂的缘故。

雕凿是指在树木表皮脱落死去的部分，用凿子沿着纹理进行自然的修整。雕凿之后，要在上面抹上以1∶1比例制成的石硫合剂，这样石灰就会呈现白色，而硫磺则起到防腐的作用。这时，由于树干处于干燥状态，药剂不易渗透，因此，要在树干上喷洒水，然后再用刷子涂。进行如此细致的雕凿是为了使树木活着的部分和死去的部分有机结合在一起。

然而，即使涂上了石硫合剂，可是过了一段时间后，它的颜色还会发黄，看上去不太雅观，如果药剂被雨水冲刷掉，那么那个部分就会受到病菌的侵入。因此，两三年之后要再抹一次。小陈用牙刷刷它是为了在重新涂抹石硫合剂之前，先把雕凿过的部分清洗干净。即使不是为了重新上药，也应经常擦洗雕凿过的部分，清除上面的污垢。

树木的养护要根据天气情况而定。像今天这种阴雨天气，清洗雕凿部分的污垢再好不过了。雕凿过的部分也就是树木死去的部分，由于没有水分，如果晴天清洗，就得一边为它喷水一边用牙刷刷，既费时又费力。等小陈搓完了澡，枷罗木就会像一个刚刚出浴的少女，光彩照人了。

清洗雕凿树干缝隙的污垢，牙刷是最好的工具。有时也用铁刷子刷，可是铁刷子不可能彻底地清除掉雕凿树干细缝或凿痕里的灰尘。

离小陈几步远的地方，有一只小鸟正在洗澡。小家伙长得玲珑可爱，长长的羽毛又黑又亮。远远望去，隔着思索之苑假山上的柿子树，右边是正在给枷罗木搓澡的小陈，而左边则是洗澡的小鸟。

在这里我们经常可以看到洗澡的小鸟，可是唯独这小家伙很特别，似乎就认准了这个地方，每次都光临这里洗澡。今天早晨，这只小鸟照例到此报到，落在小水坑边，东张西望地摇晃着脑袋，用尖嘴点水擦拭着羽毛。

别看它不时地东张西望，可却从来不管周围有没有人，从容不迫地做着自己该做的事情，有节奏地点水擦身。等它擦净了羽毛，一定要飞到柿子树上。就像人们洗完澡用毛巾擦身那样，在柿子树的树叶上不时蹭着尖嘴和羽毛。然后，它又东张张，西望望，似乎在侦察情况，突然“噗噜噜”地就飞走了。

部分死亡也能存活的树木

树林里所有的树木，自诞生之日起，都要经历激烈的生存竞争。在很多树种共存的树林里，各种树木的处境各不相同。不仅树种特征和树龄不同，而且生长的位置也不同，有些是生长在阳面，有些则长在阴面。

在这种环境中，有些树木由于不能适应自己所处的环境，树枝逐渐干枯，出现生长障碍。同时，由于各种自然灾害，如霹雳或台风，暴雨或意想不到的病虫害，树枝经常被折断或受伤。如果不能战胜这些灾害，那么树木就会死亡。

以我的经验，苹果树和梨树，如果表皮上受一点伤，整个树木就会死亡。同时由于木质部较嫩，截枝的部位容易腐烂。而梅花树、山茶树、木瓜树等，即使死亡的部分腐烂得像穿了洞，

柳罗木即使满身疮痍也会默默忍受着岁月的风霜雪雨，顽强生存。令人新奇的是，能存活千年的枷罗木，根须却细如葱须。枷罗木是令人喜爱的树木。

但整体上依然存活。

苑里的梅花枯木盆栽，冷丁一看，就像生长着三株不同的树干。其实是树干中间腐烂出了个大洞。有些树木即使身体的一部分已经死亡，但它并不腐烂，也不会转移到其他部位，整体仍然是活着的。如枷罗木、桧柏树、松树、杜松等树木，它们共同的特点就是木质部都比较坚硬。

在表皮部分已经死亡，但仍然存活的树木中，枷罗木是比较特殊的一种。枷罗木可以说是树中的王子，绅士中的绅士。

养树的人大都希望拥有一两株枷罗木。据说枷罗木是生千年，死千年的树木。也就是说它已经死亡的部分不易腐烂，依然十分坚硬。枷罗木带着死去的部分仍然能够生存下去，可见它的生命力是多么的顽强。

因此，在盆里栽培枷罗木时，利用它的这一特性，把活着的部分和死去的部分有机结合起来，因势利导，依树造型，使其更加接近自然。然而，要想获得枷罗木的名木却非常不易，而且价格也十分昂贵。

枷罗木大部分自生在雪岳山、德有山、汉拿山等高山地带。聚生在高处朝阳的地方或半阴的地方，在树木成荫的地方也能很好地适应生长。一些生长在高山地带的枷罗木，由于生长环境恶劣，部分树枝已经枯死，一侧树干死亡或受伤，但还是顽强地生存了很多年之后，整个树木才枯死。

在德有山或汉拿山的山顶上，可以看到一些生存了几百年后死去的枷罗木。死后也能存留千年的枷罗木枯木，足以让人产生敬畏之情。树干和树皮都脱落成白色，经无数的风吹日晒，看上去就像一堆白骨，真实地向人们展示着岁月的磨难与年轮。如何把人们在自然面前感受到的那种敬畏之情和苍古之美再现在盆栽中呢？最好的方法之一就是雕凿。

然而，并不是所有的树木都可以进行雕凿的。只有像枷罗木这样部分表皮死亡但仍然能够存活的树木才可以。我们在前面谈到的枷罗木或桧柏树、杜松、松树、梅花树等都是可以进行雕凿的。

虽说枷罗木有树木王子的美称，但并不是所有的枷罗木都可以用来做盆栽木的。要做盆栽木，首先它必须有特点，要有优美的曲线和引人注目的地方。因此，德有山、雪岳山上的那些又直又粗的枷罗木是不适合做盆栽木的。汉拿山的大部分曲干枷罗木都被非法采掘，用来做盆栽木。据说日本也有自生的枷罗木，但还有一些是从我国带过去的。思索之苑里也有几株从陆地购进的枷罗木，但并不出色。

在盆钵里培育像枷罗木这样可进行雕凿的树木，雕凿的部分就有机会做舍利。11 月份，在树木停止生长进入休眠期时，要剪去多余的枝杈，这些树杈不仅影响树木的均衡生长，而且也影响树木的美观。这时，多余枝条不必全部剪掉，可以留一部分做舍利。

多余的树枝可按雕凿长度剪下，等树枝干燥后，在时间允许的时候，剥去表皮进行雕凿。我通常是采用凿子和刻刀自然地刮下皮，沿着树的纹理，以盆栽用小钻孔机进行雕刻，然后在上面抹上石硫合剂。涂抹时一定要小心翼翼，不要把药剂抹到其他部位上。

做舍利的关键就是要自然。假如人为雕凿过的痕迹过于明显，那么还不如不做。做舍利就是为了在盆栽中再现自然的苍劲古朴。如果留有明显的人工痕迹，那么只能说它是一个失败的作品。因此，不能轻易下手。如果在雕刻方面有点天赋的话，可以先在普通的树木上做练习，磨炼一下技术。即使懂得盆栽，但对雕刻没有十分把握的话，最好不要盲目地去做。枷罗木虽说部分表皮死亡也能存活，但是人为地对树木做舍利，无论大小，都是对树木的伤害和折磨。无论对它的损伤是多少，让它做出牺牲前，一定要考虑付出的代价。

枷罗木，值得信赖的树木

枷罗木在种下后的第二年才出芽，生长速度十分缓慢，肉眼几乎看不到它的成长。幼树的时候看它似乎永远也不会粗壮起来。粗壮到一定程度的枷罗木，大都有着 50~100 年的树龄。如此说来，要想让它长成合抱大树，恐怕一千年的时间也不够。然而，枷罗木却的的确确能够长成合抱大树。

据说枷罗木出现在地球上的时间约为 2 亿 9 千万年前，年代是够久远的了。

像银杏树和铁树那样，枷罗木是分雌雄的。雌树的果实有点像红色的樱桃，果实的顶部凹陷，能看到里面的黑籽。自古就说枷罗木果实籽有毒，就连小鸟也不太接近它。不过，只要不吃籽

● 枷罗木虽说是针叶树，叶子却厚而柔软。枷罗木生长十分缓慢，却坚持不懈地生长着，是一种让人产生信赖的树木。只要拥有排水通畅的泥土，它就别无所求了。

是没什么问题的。它的味道与别的针叶果实不同，酸甜可口。

枷罗木的叶子厚而细嫩。春天冒出的嫩绿色叶子与原有的墨绿色叶子交相辉映，色彩十分有趣。枷罗木虽说是针叶树，但一年四季的颜色却不相同。针叶树也是有落叶的，称之为换叶。

枷罗木像它的名字一样，朱红色的表皮很迷人。树木越是健康，它的表皮色彩就越浓。思索之苑的庭园里有一棵枷罗木，上面的一层表皮剥落，裸露的部分颜色鲜红。

枷罗木又是一种让人产生信赖感的树木。无论是一株，还是多株，无论是在盆钵里，还是在庭园里，它都长得很好。枷罗木本来是生长在高山地带的植物，可是它对气候并不挑剔，要说有点挑剔，那么就是不喜欢湿度大的地方，不喜欢排水不畅的土壤或黏土。

土壤最好是选择排水较好的沙质土，如果是排水不畅的黏土，就要挖个坑，放进石子，培高土后再栽植。移植的时候可以看到，枷罗木的根细如葱须，十分细腻，能以这样的根须生存千年岁月，着实令人惊叹。

通常人们都误以为喜阴的树木不喜欢阳光，其实不然，枷罗木虽然是喜阴树，但在阳光下仍然生长得很好。只要夏天做好浇水管理，在强烈的阳光下也没什么问题。因此，它不一定就是喜欢阴凉处，而是它对阴凉的适应性强，是耐阴性出色的树木。

枷罗木似乎只要拥有排水好的泥土就别无所求了。虽然生长十分缓慢，却坚持不懈地生长着。现在思索之苑里也有几株枷罗木。我们把高大的枷罗木作为独立的树木栽种在苑里的各处。小枷罗木即使细干多，密密麻麻地种在一起仍然长得很好，所以，会把它们种在草坪的边缘或池塘边上，或者种在单独树木的周围加以点缀。当然，花盆里有一些部分表皮已经死亡的老龄枷罗木。

思索之苑里有许多形态各异的枷罗木，冷丁看，看不出它们是同一树种树木。它可以根据栽种者的兴趣，培育成各种不同的形态，很适合做庭园树。

露出朱红色表皮的枷罗木，犹如年轻小伙子充满活力的脸庞。而那些簇拥在一起的小个子枷罗木，虽然不是那么显眼，却总是那样亲切可爱。还有盆钵里的古木，苍劲典雅，妙趣横生，令人惊叹。大有大的魅力，小有小的情趣，枷罗木是守护我们思索之苑的值得信赖的树木。

与石相依的榆树

枝比花儿更美

二月上旬的天气还是春寒料峭。盆栽科的姜科长手持剪枝剪刀登上放盆栽的台座。姜科长站在榆树的旁边，仔细地瞧着榆树的小树杈。过往的游客都好奇地驻足观看，目不转睛地盯着姜科长的一举一动。如果花盆不是太大，通常都是搬到工作室里进行修剪的。可是，由于这个盆栽又大又沉，只能在现场里修剪了。每到这个时候就会有诸多不便。

开始冒出新芽的榆树，由于细弱枝密集，难以分辨，修剪起来有点难度。树杈中间长出许多又短又细的细枝，而且每个新枝上都开始冒出一两个新芽。

用剪刀剪下一个个细枝需要花费很多时间和精力。由于树枝多，而且十分细嫩，一不小心就会弄断旁边的树枝或剪掉需要保留的树枝。所以姜科长无暇顾及游客和周围的事情，小心翼翼，聚精会神地剪着那些该剪的细枝。

在栽培树木的过程中，有时会遇到树枝比花儿更美的树木，榆树就是如此。榆树的叶子比别的树木叶子要小，且萌发力强，生长较快，所以只有经常修剪，才能保持树型。

姜科长正在修剪的这株榆树，树节短小，细枝繁多，这说明它在盆钵里已经生长了很长时间。因为要获取一节树枝需要投入很多的时间和精力。只有形成了树的骨架，也就是基本的树型，才可进行修剪。

济州榆。

修剪榆树最好在秋天树叶全都落下，树枝呈现出形态之后进行，也就是在初冬到出新芽之前。从济州岛的情况来看，初冬到二月上旬比较适合修剪。修剪时要在适当位置留下一两个胚芽，留下的胚芽发芽之后就会成为新枝。因此，抹芽时一定要注意胚芽的角度，让新芽朝外。

像榆树这样枝杈繁多的树木，即使树龄不长，也可以通过剪枝使之现出苍古形态。自生榆树老桩，枝杈比较多，这是在长期的风吹雨打或被大雪压断后自然形成的。盆栽可以把这样历经漫长岁月进行的剪枝，在更短的时间里完成。

包括剪枝在内，整理树枝的工作叫做整枝。整枝不仅能把盆钵里的树木修剪得更加美丽多姿，而且还有利于树木的均衡生长。如果不进行整枝，任其生长，树枝就会疯长。

树木的生长都集中在新枝顶端的芽头上，以促使腋芽生长成新枝，新枝的枝条会长得又细又长，在下面的腋芽上长出的新枝就会衰弱。因此，在自然状态下生长，树龄不长的树木没有小枝杈，只有许多朝上生长的细长枝。这些树枝在岁月的风吹雨打中有些被折断，从底部长出新树枝，自然形成分枝。

树木就是这样，生长点集中在树干的顶端，也就是树冠上。如果剪下这个生长点那么就会从底部的两侧长出侧枝。以这种简单的原理为基础，对树木进行剪枝、摘芽、摘心，就可以阻止树的力量，也就是使树势集中到一个地方，通过整枝使树木整体保持均衡生长。

因此，在盆栽中整枝是必不可少的环节。整枝的方法中有剪枝，还有调节新芽数量的抹芽、摘芽、摘心等等多种方法，要根据树木的种类或树木的健康状况来选择适当的时期和方法。

结下不解之缘的榆树

榆树盆栽从观赏盆栽的角度上讲，属于杂木盆栽。以此类推，陆松或海松、枷罗木、老干椴木、万年松等针叶树属于松柏盆栽。四季变化分明的枫树、榉树、朴树等落叶阔叶树属于杂木盆栽，总体上可以称之为杂木盆栽，但其中以观花为主的梅花树或朝鲜樱、映山红、海棠花等属于花卉盆栽，以观果为主的柿子树、木瓜树、梨树、石榴等为实物盆栽，像龙胆或石菖蒲等，作为盆栽养就是草木盆栽。

观赏点的不同分类也会不同。也就是说树木在盆钵里栽培时，什么时候最美丽，就该把焦点放在何处进行栽培。有些称之为杂木，但并不意味着它没有价值。

然而，今天姜科长剪枝的榆树盆栽，与其他榆树不同。通常人们知道的有朝鲜榆、黄榆、金丝抱榆、济州榆等 11 种，而我们苑里的这株榆树在这 11 个品种里也找不到它的名字。如果一定要给它取个名字，那就应该叫它石榆，是一株与石相依的榆树。它是朝鲜榆的变异种。

说起这株培育了 20 多年的榆树，其中还有段故事呢。

20 世纪 70 年代末，我逐渐懂得了栽培树木的乐趣，农场也初具规模。当时对这里的济州岛人来说，我只是个外乡人。当地人大都对外乡人抱着一种排斥心理，因而常常受到人们的冷遇和戒备。

那时，我在附近的教会认识了一位年轻人，他也是外乡人。我们同病相怜，相处得很好。有一天，那个年轻人找到我说，他已经定下了结婚的日子，可是准备新婚旅行时穿的衣服却被岳母给丢在了客车上。他要向我借点钱，看他一脸焦急的样子，我便把钱借给了他。

几天后，他对我说，能不能用他采来的树木抵债。他说他有一些树木，都是在附近的山上采来的。我挑选了几株榆树，其中一株就是这个与石相依的榆树，也就是姜科长剪枝的那株榆树。

济州岛是个石多的地方，而最多的要数玄武岩。这株榆树就是在玄武岩的缝隙里生根发芽的，非常神奇。我见过不少生长在石缝里的松树或中华槭，可长在石缝里的榆树还是头一次看到。

也许是玄武岩气孔多，给它创造了生长的条件吧。本来树木的种子，只要有点缝隙就可以生根发芽，而且力量会越来越大，

与石相依的榆树。30 多年前，我认识了一位年轻人。那时我刚刚对培育盆栽产生兴趣，我一眼就喜欢上了年轻人采来了这株与石相依的榆树。这株原本生长在玄武岩缝里的小树，如今长了很多，已经分不清哪儿是树，哪儿是石了。

最后能冲破岩石，大概这株榆树的种子就是如此。

这株与石相连的榆树刚拿来时，石头上只附着树干，连一个树枝也没有。我把它栽在地里，长出树枝后，我为它疏剪了枝杈，并用铁丝固定树枝的方向。几年后，由于种榆树的地方要施工，只好把它挖出来栽到盆里。此后几年，我一直在为它整枝。

现在石头还是原来的石头，可是榆树已经焕然一新了，很难区别哪边是石，哪边是树了。树根穿过岩石裸露在盆土上面。那与黑色的石头拥抱在一起的树皮，看上去更像石头。

当年飞进石缝里的榆树籽，如今已长成树，正拥抱着石头。

济州岛特有的济州榆树

假如 20 世纪后半期，我不从陆地来到这里扎根，也许我会一直认为榆树只是在春荒时以其草根树皮充饥，或作为药材使用的树木。榆树在韩国中部以南的地区分布十分广泛。

可最近听说在榆树内皮中发现一种抗癌物质，使榆树们惨遭灾难。松树表皮比较厚，而榆树是内皮厚，里面有黏液。就算它具有药理作用，可是，那种黏液是榆树生长所必需的一种物质。

我们从树木中获得的一些东西，其实都是树木生存必不可少的。如果把它用在迫切需要的地方这是无可非议的，可是如果盲目乱采那是不可取的。我们不能因为树木液对人体好，就把满山的树木都穿出洞，把冬季林子里的粮食橡子统统拾来晒籽吧。

细细想来，与石相依的榆树也是济州岛独创的又一特殊的榆树。同一树种的树木，也会因落根的地方不同而生长成另一副模样。其实榆树的诸多种类也是当初同一树种的榆树，在适应不同的土壤和气候的过程中产生的变异和变种的结果。

济州岛创造出来的特殊榆树——济州榆也是如此。在济州岛的东部和西北部部分地区自生的济州榆，表皮像木栓一样突现，具有皮黄和叶小的特点。我不是植物学家，还不敢确定这些特性是由济州岛特殊的土壤和气候造成的，但是这种独特性只有在济州岛自生的济州榆树中才有，因而我觉得称之为济州榆更恰当一些。据我所知，济州榆是只在济州岛自生的独特树种，是备受世

济州榆。

界各国盆栽爱好者青睐的树种。

济州榆可以以播种或扦插的形式进行繁殖或根繁殖。可是以这种方式栽培的济州榆，起初表皮并不突出，是历经漫长岁月后，表皮才渐渐突现出来的。

栽培济州榆时，要等到春天发出新芽，叶芽变硬之后再开始整理树枝，到七月初或中旬时，再为它修剪一下树枝，使树枝整体上均衡生长。细枝生长十分旺盛，因此，用心整枝会变得非常美丽。每株树的树枝都会有粗有细，粗细不均。这时就要为硬枝摘去其枝梢嫩头，促使树枝发育均衡。不然弱枝就会枯死。此外，当新芽长到一定程度变硬后，只保留一两个新芽，其余的都要摘芽，以免萌生杈枝。

有时，还会出现严重的病虫害，腐蚀干心。这样树干表皮就会渗出锯末似的东西。出现这种情况时，要及时用注射器在其部分注射农药，这样就可能挽救树木。如果发现不及时，整个树木就会死亡。因此，要格外注意观察，一年最好是喷洒 2~3 次杀虫剂。在喷洒杀虫剂时，用量要充足。

和普通的榆树一样，济州榆上也有黏液，移栽后生长状况良好。关键的是它能很快适应盆里的生活，叶子小巧，很适合做盆栽树木。济州岛自生的独特树种济州榆，其独特的黄色表皮和细枝非常美丽。要想观赏其木栓质树皮和舒展的细枝，冬天是最佳时期。在叶子已经落去的树枝上，如能落下一层雪花，那就锦上添花了。

浇水浇出感情

雨天浇水

有一年夏天，一株松树盆栽死了。正是天气炎热的夏季，由于未能及时浇水，致使松树枯死。栽在盆里的松树，盛夏时节如果错过了浇水的时机，即使仅差几小时，也会受到致命的损伤。尤其在日晒风大的济州岛更是如此。

养树首先遇到的难题就是浇水的问题。浇水并非隔一定时间浇一次那么简单。树木和一日三餐的人不一样，它需要的水分会因树种和季节的不同而不同。通常春秋两季一天浇一至两次，夏天两至三次，冬天三四天浇一次。当然这也不是固定不变的，要根据树木的活动程度适当调整浇水的次数。

即使是同一季节，有时降雨量多，有时特别干旱。夏天即使进入雨季，但只是湿度提高了，就是下了雨也只能滋润表土，不能渗透到盆土中。如果认为下了雨就不浇水是很危险的，因此要注意观察树木是否得到了充足的水分。

给庭园树浇水的事情只能交给大自然了，因为它们已经深深植根于大地中，要把主要精力用在树木的整枝或消毒上。对畏寒的树木，冬天最好都要采取保温措施。但是如果在树木生长旺盛期持续干旱或者有根浅的小树和移植时间不长的树木，就要格外注意浇水。特别是盛夏，一天要多浇几次。整天在炎炎烈日下的树木，也会像人类一样感到干渴。

培育盆栽和庭园树要养成注意用心观察的习惯。

盆土主要采用磨砂土，它是经过筛子过滤的，保水和排水能力很好。虽说保水能力好，但由于花盆空间有限，在炎炎烈日下很快就会干燥，但也不能把花盆放到空调房里。盆栽树木在室外才会更加茁壮成长。树木其实也和人一样，如果总是待在家里就会呆出毛病来。盆栽树木如果一年四季放在温室里，那么就等于在让它生病，至少要保障树木的日照权和通风权。盆栽大都是喜光植物，养在室内时，至少要放在有阳光和通风的地方。如果是在楼房里，那么东南走向的屋子才行。

不同的树种，不同的气候条件，需要的水分也不尽相同。因此，很难限定一天浇几次水。藤树喜欢水，即使泡在水里也没什么关系，一天可以浇 4～5 次水。关键的是要看树木是否干渴，而不在于次数多少。在炎炎烈日下浇水时，要注意不要让水喷到阔叶树的叶子上。通常针叶树倒没什么，而阔叶树的叶片可能会被烧伤。在阔叶树中，毛叶石楠的盆土要始终保持湿润，如果盆土干燥，那么叶子和果实难以恢复正常。不过，阴天可以为树木浑身上下冲冲澡，但也不能常来，因为它有可能造成病虫害。

针叶树平时不太喜欢水，但到了夏天也要格外注意浇水。陆松要每隔 1～2 天浇一次水。夏天针叶树也处于干渴状态，不过，不会像阔叶树那样烧伤叶子，所以最好是白天整体上浇一次水。如果浇水过频，表皮就会变黄，这也是值得注意的问题。

通常炎热的夏季都比较注意浇水，可是到了雨季有时就会被忽略。夏天由于枝繁叶茂，降雨量小的时候，就会出现盆面湿、盆内干的现象，因此，有时我们会看到打着雨伞浇水的情景。

认识树木的过程

我们苑里的夏季，可以说是“浇水”的季节。数百盆大大小小的盆栽等着浇水。稍有疏忽就有可能导致树木死亡。所以，我和职工每天都瞪大眼睛，仔细观察每个盆栽，每天都握着水管随时准备冲出去浇水。

夏天浇水与春秋两季不同。春天为保护好花朵，注意不能把水浇到花瓣上，秋天也要有选择性地浇水，而冬季浇水更要小心谨慎，不能让在室外过冬的树木根部受冻。根部通常在气温下降到零下 2~3 度以下时受冻，盆土膨胀盆钵就会破碎。气温下降时盆栽可以挪到温室里，但我们苑里通常是根据温度的变化，在盆土上面捂上棉被进行保温。

如果树木不怕冻，而且没有翻盆换土，那么在济州岛的气候条件下，冬季不必挪到温室里，在外面过冬的树木反倒更健康。可是晚上气候下降时不应该浇水。此外，在内陆如果冬季不把盆栽移到温室里，花盆就会冻裂，树木也会冻死。因而冬季一定要搬到温室管理。

家庭盆栽浇水也有多种方法。

首先，可以用喷壶在盆土上浇水。浇水一定要均匀充足，不能让一边过湿，只在一边浇水就会造成部分盆土水分不足而枯萎死亡。

假如以水管浇水，夏天可千万不能忘记检查水管的水是否变热。如果夏天用在烈日下曝晒的水管浇水，那无疑等于是给树木浇了热水。给树木浇了热水就会造成致命的损伤。与此同时，要注意适当调节水压，水压过高就有可能造成盆土出坑或水溢到盆外。

排水不畅的花盆，浇足水后要等水分被吸收，过一会儿再浇一次，然后再继续浇一次，使水充分渗透到盆土中，直到从盆底排出。有些盆土到了该翻盆换土的时候就容易发干，所以不要受到浇水次数的限制，在盆土发干时要浇足水，但如果盆里过湿，就会易引起根部腐烂。

其次，还有一种方法是把盆钵泡在水桶里。泡多长时间要根据花盆的排水情况而定。排水好的花盆，只泡一会儿就可以，可排水不好的花盆，则要在冒出水面的气泡完全停止后再拿出来。把花盆直接泡在水里的方法，适用于初学者，可以说是一种安全可靠的方法。

第三，就是用喷壶在树叶、树枝、树干等树木全身均匀喷洒。对健康的叶树盆栽，在太阳快落山的时候浇水，就会解除一天在烈日下的疲劳，清洗一天来落在树叶上的灰尘和有害物质。在前面我们也谈到，叶树的缺点就是有可能造成病虫害，所以提醒大家，不能经常在叶树的叶子上浇水。

浇水入门需三年的工夫。这句话说得一点不错，给树木浇水的事儿，既是栽培树木的开始，又是结束，可见浇水在树木栽培中是多么的重要。我们可以换过来想，不要只把它看成一件难事，其实它不过是与树木培养感情的过程，也就是相互了解的过程，至少需要三年的时间。

有人问我："什么样的树木最好？"

我说，假如家里有几个孩子，你能说哪个孩子最好吗？拿我们思索之苑来说，假如我喜欢哪一种树木，把精力都集中在了那里，结果就会害了它。我觉得爱树木也要像爱孩子一样，只能在心里，不能过多地表现出来。

可是，有些人还是刨根问底，我只能一笑了之。

只有数年如一日，亲手为树木浇水，为树木操劳的人才会知道其中的感情。自己亲手浇出来的树木和盆栽哪个都好，没有这种体验的人是无法体会其中乐趣的。他们也许会说，既然那么辛苦为什么还要在花盆里养树呢。

春暖花开时

短暂的春天，长久的期待

春天悄然来到思索之苑，苑里到处充满了春天的气息。刺骨的寒风，不时何时变成了和煦的春风。漫步来到东门附近，木莲花落下去的地方长出青翠的叶子，温室里枯木逢春，从木瓜树干枯的树桩上冒出了一片片新芽。天色暗下来之后，七八个簇拥在一起的花芽，闪着星星般的光芒。花开的四月开始了。似乎昨天才看到花盆里盛开的贴梗海棠花，可一晃已经半年多了。旁边那棵沉睡的林檎树，已经绽开了花蕾。林檎树开的是粉红色的花骨朵，开的却是白色的花瓣。它不仅果实小巧玲珑，就连开花的样子也是那么可爱。

正在林檎树黄色的花蕊上采蜜的蜜蜂们“嗡嗡”地飞走

林檎树花（左），梨花（右）。树木开花的时间是短暂的，可是树木和我等待这一刻的心却是长久的。春天从树枝上长出的新芽中，可以看出它们正酝酿着开花。

了，可是没飞多远，又落在林檎树的白花上，它们才不管前面有没有人站着。雪白的梨花也盛开了，在树枝上伸出的花轴上，五六朵花蕾簇拥在一起盛开，花蕊上的小点就像黑色的种子。

开花的木通总是那么美丽。木通和藤树都属于藤本树木，木通的花是白色的，藤树的花是青紫色的，虽然他们攀附的方向都是右边，可是花儿的排列却不相同。藤树的花儿挂在藤蔓上，而木通则在树枝上伸出花轴，一束束地开在一起。花蕊呈黑色或紫色，纯朴而又可爱。盛开的木通花清香怡人，令人陶醉。还有正门一侧的白藤科紫色藤花，散发着淡淡的清香，给出出进进的游客带来好心情。

春天，树木开花的时间是短暂的，可是等待这一瞬间的树木和我的心却是长久的。大部分花芽在6~7月初形成。春天从树枝上长出的新芽中，可以看出它们正酝酿开花。

只要留意就可以发现，就像各种树木开的花儿，春天树木

木通花（左），木通果实（右）。

冒出的嫩叶也不尽相同。就像人们的面孔会随着年龄的变化而变化，树木的变化也是逐渐的。梨树的叶子是浅绿色的，与韩国鹅耳枥的叶子相比有显著差异。韩国鹅耳枥树的嫩叶不仅颜色浓绿，而且叶子就像用刻刀刻过一般，纹理十分清晰。齐墩的叶梢就像被人用手拉了一下，尖尖的。牛鼻木的叶子上有许多小皱褶，叶缘上像镶嵌一道黑边。山茶树的嫩叶，仿佛被红色的新枝熏染，红光闪闪。

说起树叶的玲珑可爱，就数山枫树的叶子了。五角形的小枫叶，就像婴儿的小手掌那样美丽可爱。沉睡了一冬的树木渐渐开始披上了新的绿衣。

白藤。

忙碌的季节

冬去春来，思索之苑也从沉睡中醒来，到处春意盎然。枝头树梢已出现点点嫩绿，枯萎了一冬的草坪渐渐恢复了生机。春风吹来，青草不知何时也窜出老高，未等草坪重新长出，杂草倒急不可待地先冒了出来。对杂草必须斩草除根，否则它还会长。春天，我和职工们一有空就除草。可以说与杂草的战斗是无止境的。

要想春天草坪茂盛，初秋时最好要喷施地蚕药。夏季猖狂一时的蝉消失之后，蝉蛹就会变成幼虫，全部钻到地下。因幼虫是以草坪上的草根为食的，所以要选择雨天喷施土壤杀虫剂。

思索之苑里除中央草坪外，大部分依山势而种，因为坡度大，所以修剪起来很不容易。盛夏来临之前，要进行一次修剪，得连续几天背着除草机，沿着小山坡上上下下。一年大概要进行3~4次。

布置庭园首先要考虑到它的和谐性。思索之苑的草坪不是四季常青的洋草坪，而是冬季就会枯黄的土著草坪。和树木一样，草坪也只有春季冒新芽，秋天叶子枯落了，才会更加和谐美丽。

和草坪一样，庭园里的树木也很快披上了绿衣，·天一个样，花儿开过之后树枝上就长出新叶。然而，我和苑里的职工们却无暇欣赏满园春色，每天忙得不可开交。树木已经冒出新芽，开始绽放花蕾，生长之势不可阻挡。

在春分一周前，开始把温室里的花盆逐渐地挪到室外。翻盆换土之后在温室里过冬的树木和去年冬天第一次栽到花盆里的树木，以及因畏寒总是在温室里过冬的柿子树、石榴树、火棘树、长寿梅等盆栽都要搬到室外。

对第一次移植到花盆里的树木，要格外重视根的活着。如果拿人做比喻，那就是经过大手术之后的重患者，在重症监护室经过一段时间的恢复期之后，头一次到室外呼吸新鲜空气。所以放置首次移植到盆里的盆栽时，温室里的温度要比放置普通换盆的盆栽时高一些。只有这样，以后才容易萌发新芽。要根据在温室萌发新芽和成长的状况，在室外温度高的时候搬出去，最好是在雨天或阴天。

看上去简单的事情做起来却不容易。我们苑里的两个温室，摆放着数不清的盆钵，其重量也各不相同。既有一个人能轻易抬起的小盆栽，又有四五个人才能搬动的大型盆栽。当几个人一起搬盆栽时，如果其中一人稍一松手，那后果就不堪设想了。思索之苑在野外举行盆栽展示会时，由于大型盆栽较多，有时一个盆栽得五六个人一起才能搬动。就这样，有时几名职工光是搬花盆就得连续搬一周。

把花盆挪到室外后，更多的事情在等着我们去做。常常担心突然降霜，还要特别留意新芽的生长情况，仔细观察树木的状态，做好浇水管理。新芽长起来之后，还要摘芽。4 月中旬开始，要在盆土里施肥。这样浇水或下雨时，养分就会渗透到盆土中。市面上有不少发酵油渣后添加其他成分配合成的油渣肥品种，但质量有好有坏，一定要选择优质肥料，否则就不会取得好的效果。

给盆栽施肥的时期大概是从四月份到夏末。这是为了在树木生长旺盛时期补充养分。要根据盆钵的大小施固体肥，普通花盆里只放 20~30 粒，如果盆钵大可适当增加。2–3 个月后，待养分消失后，要清除渣子，重新放入。

不一定非要施油渣肥。现在出现很多种不同的肥料。如果长期不施肥，就会造成营养不良，停止生长，树叶就会枯黄，树枝逐渐枯死，最后全部死亡。

结果实的树木不能与其他树木一样，一开始就施肥，要等到花谢了之后，果实长到一定程度时再施肥。要保留健康的果实，从小果实开始，经过几次摘果之后，留下几个健康的果实。如果贪果，保留过多，那么树木就会变弱，还有可能死亡。

此外，春天还要根据树木的状态重新调整树型。在新枝上缠上铁丝，固定树枝生长方向。由于新枝还没有木质化，所以给它缠上柔软的铁丝，对树木的生长是没有什么影响的。

就这样，每棵树木要做的都不一样，因而从这棵树到那棵树，修一修，剪一剪，一天的时间很快就过去了。同时，砌石墙的工程一年到头都在进行，只要有空就得干，苑里需要修修补补的地方总是很多。此外，在经营上也要投入大量的精力。如果 VTP 访问日程撞车，那就忙得晕头转向，似乎太阳刚升起来就落了。在忙忙碌碌中，树木开花了，长出了新叶，庭园不知何时已经披上了绿装。

贴梗海棠盆栽。从这株盆栽到那株盆栽，修一修，剪一剪，一天的时间很快就会过去。在忙忙碌碌中，树木开花了，长出了新叶，思索之苑不知何时已经披上了绿衣。

我的宇宙，我的绿色庭园

在假山里建起盆栽保护室

“这里是做什么的？”

一位游客好奇地问道。

我和苑里的职工正在山脚下立盆栽台座。

“是保护室，盆栽保护室！如果有台风警报就把盆栽都撤到里面去。”

正在收拾工具的赵主任大声向游客们解释。由于每年都有一两次台风经过这里，往温室里搬盆栽非常吃力。花盆的数量和重量都不一般，而且温室里十分拥挤。尤其是每次看到职工吃力地搬动被雨淋透的花盆时，我心里很过意不去。大家紧张地搬完花盆，都会精疲力竭。未等到台风到来，我们的职工先倒下了。我经常想，应该在就近建一个结实的仓库……

有一次在修建假山时，我突发奇想，在建假山的同时建仓库。苑里还得修建几个假山，假山是用石头和泥土建造的，在里面修建仓库，即可以有效利用空间，又不影响美观，是一举双得的好事。然而，施工起来却不那么容易。不仅难度大，耗时长，而且也对不住到访的游客。

首先得用挖掘机挖地。如果遇到大石头就不再继续挖。石子少，泥土多的地方就尽量多挖，挖出的泥土将用到假山上。掘石

台座与盆栽、假山、庭院树、井水、缸……所有这一切连成一条线，与天地相连。没有一成不变的庭院，因而，庭院的园丁们要不停改变庭院的风景，拿掉一些，再补上一些。

挖土的工程还比较顺利，可接下来麻烦就多了。由于雨天多，在外面请来的木匠三天两头地休息。我们的工程只能跟着木匠走，虽然对我们来说一日值千金，但也只能耐心等待，别无他法。

我不想让工程延续到春季，冬天做春天的准备是理所当然的，可春天让游客看到乱七八糟的施工现场是不应该的。春天各种事情十分繁杂。前一年冬季翻盆换土的盆栽要拿到室外，庭园里要除草喷药，修建放盆栽的台座。此外，从春到夏，光浇水的事情就够你忙活的。深秋到冬季要剪枝、砌石墙、翻盆换土。苑里的工作整体上就是这样。建造假山等庭园工程要等到游客少，适合树木移植的二月进行。

总之，一开始没有以石头建烟囱的计划，只想用 PVC 建简单的换气孔，可是在施工的过程中又改变了主意。现在看来，这个设计真不错，在假山上建烟囱也很美观。然而事情并没有结束，庭园里的事情就是这样，一件接着一件，在原有的基础上不断地开始新的工程。在假山上已经修建草坪，剩下的工作就是把石头搬走，在那里修建台座。一连几天我们都在忙着这件事情。

寻找最佳位置

吃完午饭，大家又开始修建放盆栽的台座。这是第 3 条观光线路上的假山。

“您看这个位置怎么样？”

姜科长指着放林檎树和济州榆台座的上方问道。冬天枯黄色的草坪，现在已经染上了墨绿色。

“是不是太高了，你看呢？”

我望着姜科长指的假山中间问道。

姜科长没有马上回答，而是向后退了一步。

“台座太高会不会影响游客观赏呢？”

“是啊，因为底下有石头，不能挖得太深。”

“不过，要是立在下面就不好看了，现在草坪已经绿了，树叶也是绿的……”

姜科长还是希望把台座立得高一些。

“说的也是。”

我从整体上看了一下台座。

台座沿着低矮的山脊线斜立在那里。旁边是石头和泉水，依次摆放着朴树、济州榆、林檎和海松。其中，济州榆和海松摆放在假山的上方，朴树和林檎摆放在假山的下方。美在距离嘛，如果挨得太近，欣赏盆栽就产生不出美感来。因此，需要进行适当的排列和变化。

可是，无论如何，在姜科长指的那个地方立台座不太合适。如果立在那里，不仅欣赏角度不好，而且会显得很拥挤。可放在现在的位置上又显得有些空荡。

“还是不行，干脆放到海松的上方吧，也许这样效果更好一些。”

我指着小假山的山脊下地势较低的地方说道：

“这个位置不错。”

与天地相连的线

台座是以圆形的石柱和长方形的石板组成的，很重。要放一个盆栽不是只做个台座就完事了，还要挖地，挑出里面的小石子，需要固定架子的水泥，电钻，还需要测量水平线的水平尺。因为放置盆钵的石板是否稳当，以肉眼是看不出来的。

首先要在假山上挖出一块地方。如果没有大石头还算庆幸，挖起来比较顺利。挖出来的泥土要堆放在一边。在这里泥土是十分珍贵的，需要用土的地方很多。在挖好的坑里埋上石柱，用水平尺进行测量和固定需要一个小时的时间。干完一处的活儿，收拾工具再到另一个地方立一个台座，又需要一两个小时的时间。然后就要考虑该把哪个盆栽放到上面去，确定下来之后再把那个盆栽搬过来。一天下来，如果能立 4~5 台座就很不错了。

“比想象的好看多了。”

放上石板后，朴代理退后一步望着刚立好的台座说道。

正如朴代理所说，那深灰色的台座与延伸到假山下的山脊线、绿色的草坪相得益彰，十分和谐。如果把盆栽放到那上面，就看不到后面的草坪，会使眼下叶子正绿的盆栽更加耀眼夺目了。

“把第 2 条观光线路上的木瓜盆栽放上去怎么样？”

朴代理已经在想着该放什么了。

“好像不错，我也在想着那个木瓜盆栽呢。”

因为这里地势较高，不太适合放大型的盆栽。

“那第 2 条观光线路上放什么呢？”

“是啊，那儿放什么盆栽好呢？”

台座建起来之后，要搬动一次很吃力。它不只是挪一个台座的事儿，而是与前前后后的台座都有关系。放在各个台座上的盆栽种类，假山的形态与色泽，与庭园树之间的距离，周围造景石的大小及位置，所有这些都在同一空间形成，与天地相连。不仅如此，庭园里的坛子、指示牌、造景物等等，所有的一切都是相互关联的。

与此同时，它又不是固定不变的。不能说给它们定了一次位置，因为当时看着不错就会永久不变。每个季节树木的样子都不一样。树木越长越大，不断变化。思索之苑的地栽树木是以自然规律生长的，而盆栽木的变化却是十分缓慢的，生长的速度也各不相同。没有一成不变的庭园，因而苑里的园丁们要根据树木的变化，对周围的环境随时进行调整，拿掉一些，再补充一些。

变化无穷的自然赋予树木以生命和活力。

小小盆栽的力量

农夫的不眠之夜

最近，常常是 9 点新闻还没结束就已经进入了梦乡。有时一边打瞌睡一边看新闻，有时坐在椅子上就睡着了。也许一整天待在庭园里的缘故吧，很容易疲劳。可是，睡着之后过一两个小时就会自动醒来，一直睁眼到天亮。

前几年腰部动了手术之后经常出现这种情况，可最近却是天天如此。这倒让我得到了总结一天工作的宝贵时间。

有时到城里，看到一些在保安灯下整夜受煎熬的树木非常心疼。虽然城市管理部门这样做自有他们的道理，但我觉得还是不应该在保安灯下种树。其实树木也和人一样到了晚间需要休息，可保安灯的强烈光线妨碍树木的休息。

因为失眠，我常常半夜起来戴着老花镜看报纸，读盆栽杂志。有时用笔画一画，有时想到哪就写到哪儿。因为我只能以这种方式度过不眠之夜。

有一次，我看树木图片，看的是果实形状的部分。坚果、球果、剥果、核果、梨果……我一边看图片，一边编成顺口溜：橡子是坚果，松球是球果，木通是剥果，桃子是核果，梨子当然是梨果……念着念着，我突然想起了从前母亲冬天在炉火前熬的橡子冻，还有甜甜的木通果，咬一口满口果汁的桃子……口水不知

不觉地流出来。

虽然腊月已过，但现在是不可能有橡子冻的，也不可能有桃子、木通果等果实，我只好到厨房里找别的东西。我找到梨削起来，原来这是进口改良品种的梨。

现在我们种植的果树，大都是在野生果树上嫁接的。桃子、苹果、甜柿子、梨等都是如此。在山梨树上嫁接了梨树，在嫁接的梨树上又产生了金华梨或凤山梨等韩国的土种梨。然而，目前由于进口改良种的普及，已经很难看到土种梨的影子了。进口改良种梨容易种植，味道甜美，高产高效，农民种植它无可非议，可土种梨从市场上消失却实在令人惋惜。

山梨的果实没有梨树的果实甜，它主要用于木材。据说八万

梨树盆栽。即使不太懂盆栽的人，看到梨树盆栽上结出的一个个大而新鲜的梨子，都会发出惊叹。要想在小小的盆栽里获得喜人的果实，就要从刚刚开始结果时起，为它摘果、施肥，精心加以养护和管理。

大藏经也是刻在坚固的山梨树板材上的。又酸又涩的山梨如果放进大缸里，再用棉被捂上一阵子，也会变得香甜可口。但山梨大部分都是为观赏而种，而不是为了吃果实。

在思索之苑的树木中，也有山梨树和梨树。山梨可以说是土种梨之父。各种改良种梨树都是以山梨树的根部为接木。在盆栽中并不把山梨树作为重要的树木。然而，人们在盆栽中看到山梨树结的果实，都感到十分惊奇。

要想得到大而新鲜的果实，那么就要在春天，果实长到黄豆粒般大小的时候为它摘果。只留下健康的果实，其余的都要摘掉。待果实稳定下来之后，还要施肥，并根据果实的长势，再进行 2~3 次摘果。总之，只留下 3~4 个最鲜美，最健康的果实就可以了。

朝鲜劳动党秘书访问庭园

朝鲜官员第一次访问思索之苑是在 2000 年 9 月 12 日。朝鲜劳动党秘书金容淳访问本苑的那天正好是中秋节，又赶上台风警报，所以我感到很紧张。

在此之前，韩国在全国范围内选出 100 名游客，决定到朝鲜进行访问，日程已定，我也包括在内。可是突然接到朝鲜劳动党秘书金容淳访问我苑的消息，于是我决定放弃对朝鲜的访问。接到台风警报也是一个原因。经过一番深思熟虑之后，职工们采取

내나라, 내조국을 위해
재능과 노력을 깡그리 바치자!
분재예술원을 고도의 인내를
가지고 가꾸신 성범영 내외분
들에게 경의를 드린다
주체89(2000)년 9월 12일.
김 용순.

2000 年 9 月 12 日，与访问思索之苑的朝鲜劳动党秘书金容淳在一起。

了应急措施。当劳动党秘书金容淳一行到来时，前面的职工把已经拿到台座下的盆栽摆放上去，而后面的职工又赶紧把它们一个个搬下来。

金容淳劳动党秘书冒着大风在思索之苑里观赏，并连连称赞“太美了、太美了”，“您把一片荒地建成这样美丽的庭园，真是辛苦了”，“感谢您让我看到这个庭园”等等。参观结束后，我请他给思索之苑题词，他犹豫片刻后说道：

“我上学时别的科目都得满分，只有书法是零分。不过，到了这么美的地方，怎么也得写两句嘛。呵呵。”

现在每当看到他挥毫题写的“为我的国家，我的祖国贡献聪明才智！向思索之苑的成范永夫妇表示致敬！”的题词时，我都会想起当时的情景来。

参观结束后，我送金容淳劳动党秘书到大门时说：“这里有韩国自生的所有树木。假如以后能把在朝鲜生长的树木拿到这里来展示就好了。”

听到我的话，金容淳劳动党秘书笑着说：

“这得特批才行啊。”

我也笑着说：

“是啊，希望您能帮助。”

我把一株精心养了多年的红紫檀中型盆栽赠送给他，并对他说：“拜托您好好养护它。”我心里默默地祈祷着早日拆除隔在南北之间的壁垒，实现国家统一。

朝鲜人武部部长金日哲的来访

朝鲜劳动党秘书金容淳一行访问我苑后不久，我们又迎来新的贵客。结束南北国防长官会谈后，南方代表前国防长官赵成太和北方代表人武部部长金日哲来到我们思索之苑参观。南北双方的许多随行人员和记者们也一同前来。

自从接到南北方国防长官访问本苑的通知后，我便开始了紧张的准备工作，暗暗告诫自己绝不能有半点失误。他们在参观庭园的过程中不时发出惊叹，认真观赏着每一株盆栽，并问我是如何把盆栽养得如此美丽。

我说："盆栽也和人一样，长相和性格各不相同。要根据它们各自的特点，提供相应的环境。"

他们点头表示赞同，连连说："实在太美了。"特别是在1号观光路线上看到"献给爱树的人们"的小牌子，对我说："您真是一位了不起的爱国者啊。"

献给所有爱树的人们

思索之苑自1992年7月30日正式开园以来，受到世人瞩目，世界各国的许多媒体和知名人士访问这里，称赞这里是"世界上最美庭园"。从1968年起，我开垦荆棘丛生的荒地，建成了今天的思索之苑。我希望所有的人都能遵循大自然的规律，建设一个互助互爱、和平美好的世界。

每天我都与树木和石头打交道，有时感到特别吃力时，我就会仰望天空。每当这时我都仿佛听到树木在说：“遵循大自然的法则”。

我感谢
天空
大地
阳光
风
云
雨
邻居
济州岛
还有我的祖国大韩民国。

我怀着无限感激之情，把这座庭园献给世界上所有热爱树木的人们。

韩国前国防部长官赵成太和朝鲜人民武力部部长金日哲，还有我，我们在历史馆前面结满柿子的盆栽旁，紧紧握手照相留念。随后，他们参观了历史馆内陈列的访问庭园的贵宾照片和三十年开拓史，看到我曾经开垦乱石地的照片，连连说：“怎么能把这么一片石头地建成如此美丽的庭园……”。他们还在莲花池塘边开心地给锦鲤鱼喂食，愉快地在迈石上走来走去，他们的音容笑貌至今深深留在我的脑海中。

我和他们一起踩着迈石，心里祈祷着早日实现祖国统一，像莲池里的锦鲤鱼一样，和平、自由地在南北间游动。

迈过小桥，一行来到梨树盆栽前。看到小小的盆栽上结着一个个硕大的梨，惊奇地说："小小的盆里怎么会结出这么大的梨子，太神奇了。"我说："现在这梨已经熟透了。把熟透的梨子摘下来请贵客品尝是我们的荣幸啊。"见我要摘梨，他们极力阻止我："不要摘了，摘了多可惜呀。"我说："现在它们已经熟透了，即使不摘也会自己落果的。"我让苑里职工拿来剪子，让他们亲手摘下来。就这样摘了两个梨来品尝。他们尝了一口大声说："啊，这梨可真甜啊。"说着哈哈大笑起来。这时随行的朝鲜人民武力部少将金贤俊激动地挥毫题词。

后来在晚饭前，大家利用一段闲暇，一边吃着糖果点心一边谈参观的感想，气氛十分融洽。

就这样，文化与艺术消除思想与理念的障碍，不仅能够提高双方的人格，而且通过提高人们的涵养，增进相互间的理解与沟通，把人们带入一个美丽、平和的世界中。还可以通过各自不同的盆栽文化，共同拥有真理与哲理，通过高水平的文化生活，共同描绘一个美丽的世界。

南北统一部部长访问

2005 年 12 月 4 日，第 17 次南北统一部长官级会谈在济州岛

2000 年，朝鲜人民武力部部长金日哲和韩国前国防部长官赵成太一行到思索之苑参观。随行的朝鲜人民武装部少将金贤俊题词。

농부의 슬기와 재능은
세상이 알아야 한다
민족의 아름다운 문화에
보탬하는 농부의 한생에
경의를 표한다. 9.25. 김현준

金贤俊题词：“农夫的智慧与技术值得向世界宣传。为民族的美丽文化增光添彩。向农夫奉献的一生致敬。9.25 金贤俊

举行第三次会谈。有关方面通知我，期间双方的统一部部长级人士将再次访问思索之苑。我和我的职工们已经多次接待朝鲜的重要官员，每次都是带着一种感激之情和祖国早日实现统一的美好愿望，竭诚做好迎接客人的准备。我到正门迎接南北统一部部长一行。朝鲜代表团团长权浩雄见到我说：“我这是第二次来见成苑长啊。”我吃惊地说：“第二次？您什么时候来过啊？”他说：“金容淳秘书长来时我随行。”我说：“我实在记不起来了，只记得金

容淳秘书长。”我们高兴地握着手笑起来。

陪同参观时，我谨慎地谈了我对盆栽文化的理解。

“多年来在培育盆栽的过程中，我学到了许多真理和哲学。通常三到五年，盆栽的根须就会密布盆底，如果任其下去盆栽就会死掉。所以在冬季休眠期，把盆栽从盆钵中拿出来，剪掉一些根，为盆栽翻盆换土。如此做好管理和养护，盆栽会比地栽的树木活得更健康，更长久。我们每个人，乃至社会，如果不进行改革，就不能发展。”我还说：“树木不应只把它们作为木材，而是应该作为环境林来养护。”

韩国前统一部部长郑东泳和朝鲜代表团团长权浩雄对我的话深表赞同。就这样，先后有四五十名朝鲜的高层人士访问思索之苑。正如统一部有关人士所说，思索之苑已经超越理念，成为与全世界人交流的，象征和平的平和之苑。

对盆栽的偏见与误解

与自然同呼吸的树木是美丽的

这是一个风雨交加的日子，游客稀少的思索之苑里却格外喧哗。风似乎停住了，可一会儿又肆无忌惮地刮起。这样的风雨天气树叶很危险。听说内陆地区已发出了暴雨警报。

后来我才知道，原来有一位游客提出抗议。他说，盆栽本来就是在温室里生长的，这种天气怎么能把盆栽放在外面。来向我报告的职工一脸无可奈何的神情。他说，由于那位游客情绪十分激动，只好把买入场券的钱退给了他。大概那位游客误以为盆栽就应该养在温室里，特别是在这样风雨交加的天气里把盆栽放在外面是对它的摧残，他百思不得其解。

可是，大部分盆栽都是喜阳植物，应该在室外养。树木也和人一样，只有和大自然同呼吸才会更健康。对它们来说，无论是风和日丽的好天气，还是刮风下雨的坏天气都是一样的。

首先，它们需要阳光和风，从树木的生理特点中我们可以看到，树叶把从树根中传递过来的水分排出去，把阳光作为能源，通过碳素通化作用获取养分。再把它通过树茎与树枝，促使花与果生长，进行一系列生长活动。阳光与风对树木的生长活动起着至关重要的作用。

如果盆栽只在室内养，那么它就会逐渐衰弱。在室外阳光充

◉ 韩国桧柏树（左），陆松（右）。人们在盆栽面前发出惊叹是因为它的美丽。一株不健康的树木在人们的眼里是不可能美丽的。有些人把对树木的矫正看成是对树木的摧残。其实，所有的盆栽都要经过这一过程，如果没有这个过程，那么盆栽就永远不可能美丽。人也是如此。如果不接受教育，就不会成为优秀的人。

足的环境中生长的树木和在室内生长的树木有着显著差异。阳光不足的树木，树枝格外细长，无法提供树木所需要的养分，不可能及时开花结果，并且树枝逐渐枯萎，最后树木整体死亡。

如果没有条件在室外养，那么就要把盆栽放在室内阳光充足，通风良好的地方。如果在阳台上养，那么一定要让它受到东南方向的晨阳。对树木而言，早晨的阳光就如同母亲的初乳。由于树木的碳素通化作用在日出日落时进行，如果享受不到早晨的阳光，那么就会对生长产生一定的影响。平时要经常转动花盆，使树木得到均匀的光照。假如日照集中在一个地方，那么只有受到日照的树枝生长，而照不到的树枝就会干枯。

那么，像这种风雨天气应如何做呢？

首先要考虑盆钵的大小和树木的状态以及刮风下雨的程度。如果风势较大，雨下得猛烈，树枝有可能被折断，就要把盆栽都挪到室内。可是，我们思索之苑在台风来临之前，大部分盆栽都放在外面。由于苑里大型盆栽较多，只要不是台风，一般的大风是不会伤害到树木的。同时，因为大风会自然地清除一些树叶和弱枝。当然不是说应该在刮大风时把盆栽放到野外。我们苑里垒起了挡风墙，还在周围种上了防风林，而且每年都增高石墙，补种防风林。

一年四季在外受到风吹雨淋的盆栽树木，比在室内的树木更加健康和美丽。人也是如此，如果冬天总是待在温度过高的屋里就很容易感冒。冬季适当到户外活动活动，就会增强机体免疫力。如果盆栽树木也适当地在户外过冬，就会提高免疫力，就会变得更加强壮。也就是说，盆栽的目的并不是为了在盆钵中栽培树木，而是为了使源于自然的树木胜于自然，追求一种意境的

黄色三叶海棠。

美。只有健康的树木才会展现出健康的美丽。

当然，我们苑里有时也把盆栽放到温室里。放在温室里的都是翻盆换土或是第一次移栽到盆钵里的。在树木的休眠期或初冬，让刚刚经过翻盆换土的盆栽或刚上盆的树木在室内过冬。它们在温室里时，一定要浇足水，保持盆土湿润。

冬天搬进温室里的其他盆栽都是些畏寒的树木。可是，济州岛的气候，即使冬季也不是太冷，如果不是特别畏寒的树木，大部分都要在室外过冬。只有在台风刮来或气候骤降的时候，才不得已搬进室内。中部内陆地方，如果气温下降，根部就会受冻，盆钵就会爆裂，冬季一定把盆栽都搬进室内。

你真是一个残忍的人

清晨，树叶就会朝着太阳升起方向倾斜，像一个渴望母亲温暖怀抱的孩子。秋天，枯萎的树叶，一场大雨过后，就地重现生机活力。日落西山后，树叶都静静地埋没在黑暗中。

就这样，每天与树木形影不离，渐渐地感到养护盆栽就像抚养孩子一样。树木也是有生命的，不能无视它们的生理特性，树液流动时不能剪枝，对刚刚翻盆换土的盆栽不能强行矫正。树液就像人的血液，如果在树木生长旺盛时期截断树枝，那么树液就会止不住。刚刚进行翻盆换土的树木，关键是根的活着，如果盲目地缠上铁丝等强行矫正，那只能削弱树势。所以树木的蟠扎，一定要选择适当的时机进行，不能乱来。

一株盆栽，树木根部延伸的部分要厚，由下到上逐渐变细才会有安全感。树枝与树干相连的部分要粗，越是到树梢的部分越要细，这才是最基本的。如果与树干相连的部分相对细弱，就要促使其生长到一定的厚度。养分只有到了枝梢，树枝才会变粗。因此，对树梢，即没用的部分，长到一定程度后就剪掉它，这样的树枝叫徒长枝或喜生枝。要想获得自己所需要的树型，就要了解树木的生理状况，耐心等待时机。

有一次我在为松树进行蟠扎时，听到这样的话：

“你可真是一个残忍的人。长得好端端的树木，为什么一定要让它弯曲、拧劲，变得如此悲惨？!”

30 多名学者到此参观时，其中一位大声地对我说。

如果不考虑树木的生理和天性，真的就会像那位游客所说的那样死掉。可是真正意义上的造型与畸形化是不同的。它是以树木的生理与天性为基础，融会创作者的个性，以体现深远的意境。这一过程需要人们投入真诚与技术、时间与心血。

我问那位教授：

“教授，请问您是研究哪门科学的？”

“问这个干什么？”

“假如我作为外行，随随便便地评价您的专业，您会怎么想呢？我不知道您对植物和盆栽有多少了解，但您刚才说的那番话说明您对盆栽并不了解。没有人会拒绝美丽，缠在盆栽上的那些铁丝，是为使树木线条更加优美而采取的一种方法，只是通过树木的生长来矫正树型，并不是阻止其生长。它和通过教育来培养

◉ 三叶海棠。正如健康的人才会美丽，树木也只有在健康时才会呈现出它的魅力。盆栽就是为了使树木比在地里时更加健康和美丽而进行的工作。

人才是一样的，要培养一名优秀的专业人才需要付出多少努力和时间啊？”

只凭眼前看到的是无法说明盆栽的。盆栽上盆后有段时间，也就是上盆的初期，看上去很凋零。为了根的活着，通常都是将大部分树枝剪下去之后再上盆，最初都是以光秃秃的树桩为基础，经过长时间的精心栽培，才会成长为美丽的盆栽，这就是盆栽艺术。

树型矫正，就是通过剪枝、蟠扎、抹芽、摘心等整枝、整形来创造盆栽艺术的一个过程。如果忽略了其中的一项，或者过于贪心，该剪掉的不剪，那么就会影响树木的生长，导致衰弱。所以，养护树木必须掌握树木的生理与特性。我觉得对盆栽树木造型过程妄加评论是不应该的。要知道这是制作盆栽必要的过程，而且还要会看若干年后的形态。盆栽艺术就是这样通过人们经年累月的精心培育和技术创造出来的。就像一个孩子，经过无数的洗礼和成长的痛苦才会成长为一个优秀的大人。

有的人认为这个过程是在折磨树木，这让我感到很无奈。至今还有不少人在误解盆栽……

每个人从出生到死亡，一生都在追求美丽。面对那些经过无数次矫正，以美丽的姿态展现在人们面前的盆栽，人们都会发出由衷的惊叹。为什么呢？因为它的美丽。一株不健康的树木在人们的眼里是不可能美丽的。树木只有在健康时，树叶才会鲜艳，树枝才会茁壮。可有些人竟然把对树木的矫正认为是对树木的折磨，真是让人哭笑不得。所有的盆栽都要经过这一过程，没有这个过程，那么盆栽就永远不可能美丽。

树木种类繁多，用途和目的也各不相同。有些作为木材，有些作为花木，有些奉献果实，有些用作药材，有些作为观赏木，有些作为庭园树等等，用途无数。

如果像那位教授所说的那样是对树木的摧残，也许那棵树早就死了。可是，现在它不仅没有死，而是变得更加健康美丽。正如健康的人是美丽的，健康的树木也是美丽的。盆栽会把树木培育得比在大地时更加健康美丽，使原有的美更加突出。盆栽是一门高雅的艺术，它不仅可以提高人们的修养和生活的质量，而且通过它所蕴含的哲理，感受高雅文化艺术的精髓。

所有的学问与艺术，没有过程哪来的结果？

对人进行手术前，首先要进行麻醉，而树木只能是在休眠期为其剪枝、涂药，这样它的伤口才会弥合好。

让人心平气和的树木

停下脚步用心去观赏

我从口袋里拿出剪枝用的剪子，沿着旅游线路往前走。连日来天气一直骄阳似火，可今天一大早就是阴天，仿佛一场大雨即将来临，结果这雨却迟迟不下。我头戴一顶帽子，身上穿着防雨衣，即使下了雨也没什么。五月份即将过去了，春天开的花大部分已经凋谢了，庭园里到处是一片郁郁葱葱的景象。不仅叶子是绿的，而且刚刚结上的果实也是绿的。

山荔枝树有些特别。叶子纹理对称，十分美丽。果实的外壳与草莓有些相似，表面呈米粒状突起，十字形的叶子也是草绿色的。到了六月份，草绿色的叶子就会变成白色。山荔枝花有时也称为十字花。到了秋季，成熟的果实呈鲜艳的红色。本来是可以摘下来吃的，可是未等人们去摘，小鸟们却先下手为强了。

像今天这样的天气里，树木色彩浓厚，阴影明显，这种天气看树木的树皮非常美。被雨淋后的树木，展现的是与晴天完全不同的样子。树皮龟裂的松树、雕凿的部分与活着的部分红白相间的韩国鹅耳枥也都是如此。松树表皮上的水分已经蒸发，呈现出斑白的颜色，而龟裂缝隙间仍然是黑色的。桧柏树树皮的红色部分也被雨淋成了紫红色，而被雕凿的部分却显得苍白。远远望去，那拧成两道线的树皮格外惹人注目。我不知不觉深深地吸了一口气。

走在庭园里，有时无意中看一眼就会不由自主地发出惊叹。今天看到的景象就是其中之一，对今天到苑里游览的客人，无需赠送别的礼物了。

我在一棵有 150 年树龄的陆松盆栽前停下脚步。

龟裂的树皮，线条柔美的树干，使这棵曲干型陆松看上去既苍劲又秀丽。底部曲线比较粗犷，而越往上曲线越细腻，还在一个树枝上进行了雕凿，更增添了它的苍古之美。同时，每个树枝上都有长短枝和枯枝，产生层次的变化，很有生动感。弯下腰来细心观察冒出新叶的树枝里面，可以清楚地看到每个树枝上细枝伸展的方向。就这样，你只要在树木面前做一下停留，心境就会变得格外宁静。

除了松柏类盆栽，在梨树和木瓜树等杂木类盆栽前，俯下身

停下脚步，只是看一看庭园的盆栽、树木，心境也会变得格外平和。手里拿着一把剪枝的剪刀，到庭园的各个角落去找正等我去修剪的那些树木，这是我心里最为幸福和平和的时刻。

子，抬头看被树叶遮挡的树枝也别有一番情趣。因为又宽又大的树叶把树枝都给遮住了，在外面看不出什么，可从底下往上看，就会发现每棵树的树枝排列都不尽相同。

像今天的这种天气，欣赏被树叶遮住的树枝和刚刚开始结出的小果实，以及它们被雨水淋过的景象，非常美。在树叶茂盛的夏季欣赏盆栽，要俯身静气，由下而上，从整体到局部，从根到茎，从树皮到树叶。从一棵树种固有的美丽中，可以感受到培育者的良苦用心及其树木本身特有的个性。在一株盆栽中，树龄和树种固然重要，但最主要的还是要看树木整体上的均衡与协调以及个性，从中可以发现每一棵树都有各自不同的面孔。有些树木粗壮高大，有些树木柔和多情，有些树木雅致清秀。总之，每棵树都有自己的个性。

咏盆松

山中三尺岁寒姿，
移托盆心亦一奇。
风送涛声来枕细，
月牵孤影上窗台。
枝盤更得栽培力，
叶密会沾雨露私。
他日栋梁难未心，
草堂相对好襟期。

这是我在筹建思索之苑时，在古书中看到的一首歌颂盆栽的诗。据说这是高丽时期的书生田禄生 8 岁时写的诗。他小小年纪竟然如此聪明和老成，令人惊叹。这是韩国最早歌颂盆栽的诗。

然而，我喜欢这首诗，并不是因为他的聪明和老成，而是因为我们热爱树木和想把树木留在身边的心是相通的。“草堂相对好襟期。”这句深深地印在我的心田，并在我的心中牢牢地占据了一个位置。无论是什么，只要以平静的心情去看，你就会看到它真实的一面。

敞开你的心扉

不知何时，天上开始下起了雨。

雨点“噼哩啪啦”落在莲花池里。我的目光穿过小石桥，停留在对面的山海棠盆栽上。早在几天前我就想该为它剪枝了……游客们正在朝这边走来。有的人穿着雨衣，有的人撑着雨伞。

我正在莲花池小桥边为山海棠剪枝时，发现有人在不时拍照。不和我打声招呼就照开了。外国游客通常都是得到允许后才拍照，可我们国家的人却大部分先照了再说。

多年来，我在思索之苑里接待了无数的游客，渐渐地发现外国人与韩国人，在游览态度和旅游文化有着很大差异。因此，自然而然地就和外国人比较起来。

外国人，特别是发达国家的人，无论看什么都是那么认真细致，注意观察和研究，对盆栽艺术有很高的理解，主动发表自己的见解，绝不因自己地位显赫而居高临下。

外国人大部分都是慢慢地欣赏树木，而且不时记笔记，还认真地阅读指示牌里的说明文字。如果有不明白的地方，就一定要搞清楚再走。

而在韩国人中以这种认真的态度观赏树木的人很少，时常让我感到很遗憾。不过令人欣慰的是，近几年韩国人的游览态度也在悄然发生着变化，尤其是金融风暴前后。

1992 年，思索之苑首次开园时，我国游客的观赏态度实在是很说不过去。有些人认为用铁丝蟠扎树木是对树木的折磨，有些人说这些都是到山上胡乱采掘来的，有些人则认为这是照搬日本文化等等，乱摸树木，损伤树枝的事情时有发生。大部分游客都是这种态度，因而当时我感到十分失望。

有些人为了拍照竟然爬到庭园树上，还有些人关心的只是价格，问导游这些树木值多少钱，有些人还偷偷摘走树上的果实，刮树皮，嫌门票贵和售票员吵架的游客也大有人在。人们的态度和行为让我彻夜难眠。每到夜晚我都整理平时所思考的问题，在庭园的每一条游览线路上都以五国文字制作了盆栽说明书，却很少有人去认真阅读。很多人都是心不在焉，走马观花，即使解说员解说也听不进去。

可是，自从金融风暴之后，人们的态度有了明显的改变。似乎国家经历的这场金融危机，转变了我们国民的态度。从 2000 年起，关心盆栽，细心观赏，认真阅读说明文字的游客多了起来。这些变化，让我心中充满了希望。我在想，如何才能与大家一起分享我在栽培树木过程中学到的哲理呢？我想面对树木说明是最有说服力的。于是我对苑里的职工进行了培训，让职工做导游。从那以后，每到游客光临时，职工们就会每隔 10–20 分，在庭园各处为游客解说。

解说之前，导游会对游客说：

"在参观之前，请大家都敞开双耳和心扉，那么今天各位的心中也会种下一棵树。"

对树木的讲解，会因季节和客人的不同而不同。春暖花开的春季，枝繁叶茂的夏季，结果和落叶的秋季，树木凋零的冬季，对树木的解说当然也各不相同。对家族结伴而行的游客，上了年纪的游客，年青的旅客也不尽相同。

例如，在树龄 500 年前的韩国桧柏树前，简单介绍了它的特性之后，会做这样的解说：

"这棵桧柏树，这边的树叶看起来比较尖硬，而其他部分却比较柔软。在同一棵树上为什么会出现两种不同的树叶呢？有人说这是嫁接的，有人说这是光照的问题。在韩国，从小学到大学，所有的校园里都有桧柏树，可是很多人却不认识它。这是为什么呢？这说明很多人往往忽视了自己身边的事物。请看，普通的叶子，新芽时很柔软，随后渐渐变硬。然而，桧柏树被截断的部分在长出新芽时，就像刺一般尖锐，但有些树种的韩国桧柏树，尖锐的叶子不会发生改变。通常过了四五年之后，桧柏树的叶子就会变得柔软了。所以，我们可以这样想，人在年轻的时候往往性格暴躁，可是岁数大了之后呢，就不能太固执，要温和一些。不过也有一些人，虽然年纪轻轻，却很老成，有责任感的人就是如此。如果上了岁数的人少一点固执，而年轻人多一份责任，我们生活的这个世界就会充满温情了。”

在枷罗木前，解说的主题是“人生的秘密”。首先对游客讲解盆栽树木长寿的原因，盆栽翻盆换土的常识，然后做这样的解说：

“翻盆换土之后，树木以为人要置它于死地，于是为了生存它拼命地生根。人也是如此，据说少食者比多食者长寿，这大概是刺激生命力的缘故吧。再举一个例子，从木浦向首尔运送鲜鱼时，运输人员要往鱼罐车里放进一些鱿鱼和章鱼，鱿鱼和章鱼用爪子触碰鱼，鱼就以为它们要吃掉自己，便拼命地逃命，这样蹦来跳去，活的时间就会长一些。那么人应该丢掉什么才会长命百岁呢？对于这个问题，有的人说要去掉身体的一部分，有的人说要丢掉贪念。贪念是要不得的，可是从另一个方面讲，人不能没有目标，没有追求的人是不可能发展的。那么如果人每隔两三年就丢掉自己顽固和陈旧的观念就会长寿吗？可是仅凭这些道理是难以理解的。那么我们反过来讲，盆栽一定要浇水，可是到了该翻盆换土的时候，也就是说根须已经密布盆底了，却还是一个劲地往盆里浇水，那结果会怎么样呢？由于排水不畅，盆土通透性差，根部就会出现腐烂。所以，我们每个人，每个家庭，每个企业，每个国家，也要像管理盆栽一样，每隔一定的时间就要更新体制和观念，否则就会失去生命力。”

如果进行翻盆换土时，还要做进一步解说：

“人活在世上，有时会说，我已经丢掉了一切私心杂念，把心掏空了。可是，即使掏空的心，过了几年之后，就会像需要翻盆换土的盆钵那样，里面还会被填得满满的，因为你还活着，因为人生没有结束。”

就这样，在苑里的树木面前，职工们的这种讲解方式逐渐被游客所接受，在游客中获得了新的反应。

进入 2003 年以来，有不少游客是为听树木的解说而专程赶来的。他们说，听了对树木的讲解之后再观赏树木，就会改变以往对树木的陈旧观念，非常感谢你们。当初，开始对树木进行解说时，我就是希望通过解说能让游客了解一点树木，并以此为契机，换一种心境开始一种崭新的生活。听到游客的反应，我心里感到很欣慰，觉得自己付出的努力很值得。对于整天在烈日下挥汗如雨的职工和我来说，没有比这更幸福的时刻了。

树木就是这样，假如我们不敞开心扉，就看不到它的内涵，观光也是如此，假如我们不敞开心扉，那么就会一无所获。

冬季温室里的盆栽。畏寒的盆栽和刚刚翻盆换土的盆栽要在温室里过冬。

盆栽如果不剪根就会死掉
人如果不更新观念就会衰老

盆栽的植物，大概过了3—5年，根须就会密布盆底，如果任其下去，根部就会腐烂，或者因水浇不进去而枯死。所以要在冬季休眠期将盆栽从盆里拿出来，用剪刀或者镰刀适当剪掉底部的根，将沾在根部的部分泥土弹掉，重新放入换盆土的花盆里。这样盆栽就会像一个刚刚动了手术的患者一样很虚弱。所以先把它放进温室里加以保护，等春天气温逐渐升高霜停后，选择一个阴天或者下小雨的天气移动到外，让它逐渐适应。对于这样的盆

三角枫。在大地里播种，培育数年后挖出来修剪，然后再次种到地里培育成盆栽木。图为从地里挖出三角枫，做上盆准备。

榉树盆栽。盆钵中的树木，如果根须布满盆底，就要在休眠期挖出来，为期剪根，弹净盆土，换上新盆土后重新上盆。

栽，要像对待婴儿一样，密切观察，精心养护，确保盆土湿润。如此反复，对盆栽进行认真管理的话，就会比地栽树木寿命无限延长。

树木在大地中，受到周边环境和土壤营养不良等因素的影响只能死掉，但是盆栽不同，它会因培育者的努力和爱心而延长寿命。以自己的技术和努力展现一个美丽的世界，与无数人一起分享，这不能不说是一件幸福的事情。

盆栽的定义

盆栽不是对自然的简单模仿或缩小，它以自然物为素材，按照自然界的规律，发挥人的审美意识和个性，创造出比原有的自然物更加美丽的作品。可以说，盆栽是一种求道的行为，在大自然的指点下，使人的心灵与大自然和谐融为一体。盆栽是一个创造美丽的过程，以人的技术与努力，使源自大自然的树木青出于蓝而胜于蓝。

- 盆栽是生命艺术。它是以树木为素材，以自然的规律和人的爱心去完成的作品；
- 盆栽是时间艺术。它是经过漫长岁月完成的，其造型会随季节的变化而变化；
- 盆栽是人格艺术。它会让培育者和欣赏者的心灵都变得更加美丽；
- 盆栽是综合艺术。它是以宇宙、自然、人类和科学及美学的力量完成的作品。

2. 在平和的庭园里

经常观察树木的生长，养护树木，久而久之，即使没有人教你，也自然会悟出做人的道理。

给树木和石头寻找一张美丽的面孔

因势利导，因材附形

韩国自生种松树的代表陆松，具有根深和树干自然弯曲的特点。陆松的这些特征也会因生长环境的不同而不同。生长在土壤肥沃的平原地带和生长在高山地带岩石缝中的陆松有着明显的差异。

虽然它们都具有曲度大，适应能力强的天性，但在平原生长的陆松，树干粗壮挺拔，而在高山地带岩石间生长的陆松，不仅树干短小，而且弯曲幅度大。在高山地带，由于土壤贫瘠，石多风大，树干仿佛朝下生长，向下弯曲幅度大。即使不是在这种极端的环境中，树干的粗细，弯曲的程度以及树枝的形态，都会因生长环境的不同而略有区别。

在大自然中，同一树种的树木，也会因生长环境不同而形态各异。因此，在盆钵里培育时，可以培育成各不同的树型。但是，树种的基本特征和天性是无法改变的。不可能把树干弯曲的陆松培植得像海松的树干那样挺拔。

在盆栽中，树型在上盆前都是以其基本的特性为出发点的，但盆栽技术高超的专家就不一样了。他们在变换树型方面有着惊人的能力，可以完全改变树的形态。但是在变换树型时，我们不能强迫它改变，如果树木负担过重，过度改变形态，就会破坏树木的健康，形态也不会自然。

陆松可以制作曲干式和文人树、悬崖式等多种树型。曲干式是在自然的树木中最常见的一种树型，是指树木自然弯曲的形态。树干弯曲，树皮深厚，鳞片状开裂的陆松，很适合做这种树型。文人树源自“文人画”，“文人画”简洁明了地表现所描绘景物或人物的神韵。而文人树的特点就是细干飘然、婉约，线条简洁柔美。悬崖式是指主干的树梢向下生长的树型，有多种不同的形态，有的树干基部垂直或近似垂直，主干或一个树枝下垂，有的主干向一侧倾斜，随后弯曲下垂，是仿照自然界生长在悬崖峭壁上的各种树木的形态培育而成的。

思索之苑里有一棵悬崖式陆松盆栽。一位诗人观赏之后，给它取名为“九死一生”。因为其形态让人联想起悬崖峭壁上的惊险。

● 海松盆栽。

这株陆松是我 13 年前购进的，是一株自然形成的悬崖式陆松。买来之后，在向下弯曲的树干外侧自然形成的枯干部分进行了雕凿。雕凿的部分看上去就像仰身滑倒的动物或人。

培育这种悬崖式树型时，即使树枝的整体方向是朝下的，但要用金属丝固定树梢，使其向上生长。这样做的目的就是为了不使树木的碳素同化作用过于勉强。

有些树木，整体上不是悬崖式树型，但可以在局部添加悬崖式树型的特征。前几年，美国纽约发行的一本盆栽专业杂志《International Bonsai》封面上刊登的陆松盆栽就是如此。这是 30 多年前买来后移植到盆里的，树龄约为 60—70 年，树干的形态是文人树型。不过，如今的形态却不同了，虽然它的树干是文人木型，但主干树梢却像悬崖式树型那样朝下生长，细枝均匀展开。从树干弯曲的部分起可以进行人为的造型。要选择适当的时机，利用金属丝进行蟠扎，因势利导，根据设计构图修剪枝条和树叶。造型一定要从植物的生理特点出发，需要熟练的技术和创造性的思维。

我时常指着这株陆松盆栽对前

陆松盆栽。一位诗人为其取名为“九死一生”。因其形态让人联想起悬崖峭壁上的惊险。在向下弯曲的树干外侧部分进行了雕凿。雕凿的部分看上去就像仰身滑倒的动物或人。

来观赏的游客说，树干弯曲的部分是大自然的杰作，而其余的部分是人的创作。大自然的杰作是指自然形成的文人树型的曲干部分，人的创作是指在自然形成的树干基础上，经过长期的修剪和固定形成的半悬崖式形态。

在盆栽中可以变换无数的树型。就是说可以以自然的树型为基础，改变树木的形态。既有树木根部拱起盆土，犹如蟠龙巨爪的提根式，又有将树木和山石巧妙结合为一体的附石式，还有群植式、合植式，让树干垂直生长的直干式等多种形态。

其中海松直干式是以陆松无法替代的代表树型。直干式盆栽的特点是，主干挺拔直立，枝干向两侧交叉。虽然看似简单，但它在盆栽中是最难做的树型。

在韩国的自然环境中，树干挺直，树枝向两侧交叉生长的树木十分罕见。海松是具有这种特点的少见树种之一。如果海松不具备这种天性，是无法将其培植成直干式树型的。在我们思索之苑里，有两株直干树型的海松盆栽和提根式海松盆栽。

盆栽可以制作如此多种形态的树型，然而，改变树木的形态，莫不如保留其原态。松树的一种锦松就是比较有代表性的，锦松通常不用金属丝蟠扎，大部分任其生长，因为其树皮具有呈鳞片状开裂的特点，如果过分改变其树型，就会失去它原有的风格和魅力。

在前面我们也讲过，如果树木去掉了在长期的岁月中形成的累赘，经过人们的精心培育和管理，那么它就会再生成为比在自然中更加美丽的形态。所以，改变树木的形态没有一种简单快速的方法。虽然盆栽要靠人们去制作，但是，越是没有人为雕凿痕迹才越会有价值。

在制作盆栽的过程中，急躁是万万要不得的。当人们自以为对树木有了一定的了解时，树木已经又向前跑了一截，因为它是活着的生命体。人们应该丢掉急于求成的心理，潜心钻研技术，精心养护和管理。只有这样，我们才能从中体会培育树木的乐趣和意义。

自然与艺术超越人种与国界

总部设在美国纽约的《International Bonsai》是一本专门刊登世界各国盆栽动向和有关盆栽知识的专业杂志。该杂志社的社长兼总编比尔经常到世界各地进行采访，1996 年他首次访问思索之苑。

据陪同他前来的 K 讲，从金浦机场到济州岛，一路上比尔一句话也没说，似乎在后悔不该浪费宝贵的时间到济州岛来。

可是，到达这里之后，比尔眼睛瞪得溜圆，一脸惊讶的表情。已过了下午 2 点，他还没有吃午饭的意思，看了一株又株盆栽，不停地按动相机的快门。他几乎走遍了思索之苑的每个角落。

吃着已过时辰的午饭，比尔对我说：

“此行没白来，真是出乎我的想象啊。”

他说，他对韩国盆栽了解不多，自以为水平不会太高。那

在美国纽约盆栽杂志《International Bonsai》上刊登的陆松盆栽。

时，韩国盆栽尚未被世界盆栽界所认可，总体上与技术发达的日本相差甚远。

比尔访问思索之苑之后，在其发行的杂志上刊登了介绍我们思索之苑的专题报道，长达 9 页。在杂志封面上刊登了具有 60—70 年树龄的半悬崖式文人木型的陆松盆栽，称世界盆栽公园在韩国的济州岛。

比尔在杂志上介绍思索之苑后不久再次来到这里。这次他是率由美国和加拿大、英国、德国等盆栽爱好者组成的 30 多人的

1996 年，与访问思索之苑的美国、加拿大、英国、德国的盆栽爱好者和《International Bonsai》杂志发行人比尔一起观赏盆栽制作表演。

旅游团前来。这个夫妻结伴团，上午10点半到这里，下午4点半才离开。旅游团的成员大都是盆栽领域里的专家，他们对这里的盆栽作品及盆栽技术都表现出极大的兴趣。

起初他们对韩国的盆栽没什么兴趣，也没什么期待，所以对访问思索之苑有些犹豫不决。可是，到这里参观时，他们都抑制不住内心的兴奋，连连说："真是没想到，实在是太美了，真是来对了。""难以想象韩国的济州岛会有一座如此精致，如此美丽的盆栽公园。"让他们一天都留在思索之苑里我感到有些过意不去，所以劝他们下午到济州岛其他旅游景点去看一看。可他们说：

"不，下午我们还在这里观光。"

回答很坚决。他们把济州岛一日游都给了思索之苑。所以，下午我特意安排他们参观盆栽制作车间。职工们为他们进行陆松蟠扎表演等技术。此时此刻，自然与艺术超越了人种与国界，把大家的心都凝聚在一起。特别是当他们对陆松等我国自生树种连连赞叹时，作为培育盆栽的韩国人，我心里说不出的自豪。

参观结束后，我与他们边喝茶边交谈，他们的话给我留下了很深的印象。他们说："能不能把门票价格提高到50~70美元？以现在的门票价格看这些作品实在是太可惜了。在没有国家援助的情况下，仅靠门票收入经营不容易啊。"

我一笑了之，然后对他们说：

"现在对我们还不适合。"

他们回去几天后，一位曾与他们同机的乘客给我打来了电话。他说：

“那天，在飞机里这些外国人很兴奋，大声交谈，乘务员问他们是怎么一回事，他们说，刚刚参观了思索之苑，看到世界上最美丽的庭园太兴奋了。听到他们的话，在场的韩国人都感到非常自豪，所以今天特意给苑长打这个电话。”

树木的最佳组合

从事盆栽以来，我一直想给树木和山石找到面孔。然而以我的能力，有些能做，有些却不能做。能做的就是给树木重新塑造一张脸，而不能做的就是石块的脸。取而代之的只能是给石块寻找一个最佳正面，那么它就会成为石块的脸了。

在思索之苑的造景石中，既有在河水中埋没了长久的石块，又有济州岛的熔岩树型，还有一些在山间平地间常见的石块。如何把这些石块搬运到这里是个难题，把它们搬来之后放到什么位置也颇伤脑筋。起初对思索之苑进行施工时，我总是向专家们请教。后来，渐渐地就由我自己选择放置它们的地方。

搬运造景石前，我总是要在苑里转上几圈。我沿着游客的观光线路，边走边把头脑中的这些石块拿出来放在苑里的各个地方。石块也是有前后左右的，从人们行走的方向来看，最顺眼的一面作为正面。

有时很快就会找到一个最佳的位置，有时挪了几个地方才会找到一个合适的地方。就这样在搬来搬去的过程中，我感到树木和石块真可谓大自然赐予的最佳组合。关键的是如何与周边的环境巧妙结合。无论是树木还是石块，只有找到自己的最佳位置，最佳搭档，才会相得益彰，体现出它们的观赏价值来。

我把一个奇形怪状的岩石放在与树木间隔一段距离的地方，以突出它的特点，还把中间有个大洞、能积水的岩石立在庭园树

一个人出生在何种家庭，受到何种教育，在何种环境中成长，遇到怎样的老师，这些对于发现其潜在的才能起到至关重要的作用。发现自己的才能，并朝着那个方向努力，这是一件幸福的事情，这样定会成为这个领域里突出的人才。

旁边一个适当的位置上，树、石相互依托，使景物更加接近自然。人们可以通过岩石上的洞孔看到后面的盆栽，使观赏更具趣味性。还把一些大大小小的石块堆放在一起。布石是没有什么规则和公式的，只是为了给周边的环境增添和谐的气氛。

如此说来，在庭园里给树木和石块“找脸”的事儿不能硬来，只能按照大自然的规律，让它们和谐地组合在一起。

自然与人，还有盆栽

对自然的享受与向往

花草和树木等可供观赏的植物，都可以栽种在盆钵中。盆栽即盆植，就是指在植物的栽培管理中向前迈进一步，对树木进行养护和造型。盆栽中的树型就是以大自然中的树木为蓝本，把大自然的造化与均衡、古朴与奇美艺术地再现于盆钵之中，把自然美与艺术美融为一体，使之源于自然胜于自然。

大部分作为盆栽素材的树木，都形象地再现了在风大石多、土壤贫瘠的岛屿及恶劣的高山地带环境中生长的树木。

在大风大浪的洗礼中，小树逐渐找到均衡，并随着时间的流逝，长成一棵成熟的树木。因为所有的树木都在自己所处的环境中，竭尽全力地生长着。因此，它们和在肥沃的土壤中自由生长的树木树型有所不同，给人的感受也大不相同。树枝生长虽然很不均衡，却让人感到一种和谐之美。弯曲的树干虽然倾斜幅度大，但总体上保持均衡。

这些树木在逆境中自然形成的和谐与均衡，以及苍劲古朴之美，常常令人感动。小树萌芽的地方即使不是在岛上也会如此。按照自然法则，该留下的总会留下，而该丢掉的只能丢掉。树木在恶劣的环境中生存下来，每年都在生长着，其本身就是与自然顽强搏斗的沧桑。

我们感叹这样的树木并不是因为它的奇形怪状，而是因为那经过风雨洗礼的美丽。可以说，对自然的这种享受与向往，就是盆栽的开始。

在盆栽中，我们注重树木的古态美，把树木在大自然中形成的年轮作为审美的标准。然而，自然中树木的形态是由树种、气候、土壤等多种复合因素必然形成的结果。如果要在盆栽中再现在自然环境中形成的古朴典雅，需要投入很多的时间和精力，还要有技术。有的人说盆栽让树木变小，因为要在盆钵里以自然中的树木形态培育树木，与其说是浓缩，不如说根据空间调整大小更合适一些。

获取树木的方法

盆栽树木繁殖方法主要有野外掘取、种子繁殖、扦插繁殖、压条繁殖、嫁接繁殖、分株繁殖等。

种子繁殖法比较容易繁殖和造型。因为树木越小，树干越柔软，用金属丝很容易调整树干的方向。但由于快速培育，很难体现野外老树桩的情趣。

与种子繁殖方法相比，扦插、嫁接、分株等方法具有能在短时间内获得同一树种形态或树型的特点。截取树木的一部分插入土壤中，使其长出新的根、茎、枝，成为一个独立的个体，将两棵不同树木的截取部分连接在一起，又形成一个新的植株，具有速成的属性。扦插繁殖法适应树种比较广泛，主要在雨季进行。这时树枝富有活力，空间湿度大，易于生根。扦插后，要根据扦插的树种，给它们创造相应的条件，以促进生根。但也有些树种扦插后不能成活。我主要对枷罗木、长寿梅、黄皮榆树等树种进行扦插繁殖。

扦插应选在6~7月份进行，待开春发出的新芽牢固之后再插条，将细枝的树梢剪掉，插条长度以保留2~3个芽为宜，然后插在事先准备好的插枝盘中放在阴处。当然专门进行插枝的行家都具有比较好的设施，可是我们苑里，由于人手紧缺，都要根据

在大地里种植盆栽木（左）。从地里挖掘盆栽木准备移到盆里（右）。

具体情况临时安排人员去做，所以没有别的设施。

嫁接时，选择同科同属嫁接比较容易成活。嫁接时，被接的植物体，即有根系的部分叫台木，被接上去的枝或芽叫接穗。台木会随接穗的遗传物质，例如，以海松做台木，以五针松做接穗，那么树木就会成为五针松。

就这样，通过砧木的亲和力，获得新的枝、干、根等结合在一起。可以，嫁接时，如果嫁接部位不同，接法也就不相同，要将接穗、砧木的形成层对准，嫁接后要包扎牢固，还要根据不同的树种，保持适宜的温度、湿度和光照。如果缺少这方面的经验和技术，就很难保证嫁接成功。要使嫁接部位自然融为一体，需要长期和严格的后期管理。

此外，还可以把购进的苗木或长到一定程度的素材移栽到地里，塑造成一定的树型后再上盆。

我在地里栽植了不少木瓜树、石榴树、毛叶石楠、枫树、韩国鹅耳枥、海松等，即使栽在地里，也得经过 7～10 年的培育过程，还要将修剪根和树枝进行移栽，只有这样才会具备盆栽木的价值。因为速成疯长的树木，不适合做盆栽木。

同时，树木从地里移植到盆钵时，要根据树种，选准时机，正确修剪根与枝，才会提高活着率。因此，可以说，小小的盆栽是栽培者对树木的满腔热爱与植物生理、科学管理的有机结合体。

栽培树木的幸福感

将树木移栽到盆钵之前，需要一个准备的过程。要根据盆钵这个有限的空间，调整树木的大小，还要考虑上盆后的树型。因此要修剪好树木的根与枝，确定树木的正面后再上盆。

将树木移栽到盆钵时，要考虑根部的延伸，树干的形态，主枝的排列等，把在盆栽里能看清楚树干的一面定为正面。主枝在上盆后是无法进行改变的，树木的位置不同，整形也会不同。因此，上盆前一定要慎重考虑。就像人的面孔，不能让它长在后脑勺或者侧面，要起到画龙点睛的作用。

树木在盆钵里的活着阶段，要避免对树木进行造型，要放置在光照和通风良好的地方，做好消毒和浇水、施肥等日常管理，要观察和掌握树木的天性。在日常管理中，要注意开花和结果情况，细枝是否干枯，易受到哪些害虫的侵害等。只有对树木有了充分的了解，才能养护好树木。

整形作为造型的主要手段之一,一定要考虑树木的天性，选择合适的时期进行，这样才会获得最佳效果。

树木随着季节的循环而生长，从大体上说，从深秋到冬季是树木的休眠期。在树木生长旺盛时期，要对树木进行抹芽、摘心、摘叶、修剪等，使树木均匀生长。以金属丝调整枝干方向时，要考虑树木的健康状态，不能硬来，这是十分重要的。通过修剪枝条调整树型，对树木进行蟠扎，这样即使树龄不长，也会

澳洲电视第九频道摄制《Garden Guru》节目。

显出一种古态来。翻盆换土或修剪树枝适宜在冬季树木的休眠期进行。

然而，每个树种的整形方法和时期各不相同。刚开始培育盆栽时，最好先选择易养活的树种，在实践中逐渐摸索树木的生理规律与栽培技术。如果起步时就培育难度较大的树种，管理起来就会吃力，而且很容易中途放弃。初学者最好不要像专家那样直接去培植，而是要和懂得盆栽的人一起到盆栽园里去选购价格低廉的树木学习制作盆栽，等积累了一定的经验，有了自信的时候再购进好木制作盆栽。

培育盆栽不能操之过急，要逐步学习树木的相关知识，在培育的过程中，根据树木的生长周期和生理天性进行整形，这样树干和树枝才会出现生机，茁壮成长。整形时，通常树木的形态体现栽培者的个性。通过整形，树木就会逐渐地呈现出它独有的形态。而栽培者也会从树木每年变化的形态中找到一种幸福感和成就感。长期与盆栽树木打交道，渐渐的，你就会懂得树木的喜怒哀乐。

在世界杯期间，CNN记者前来思索之苑采访。采访结束后交谈时，我问这位记者：

“您认为欧美上流阶层幸福指数的焦点在哪里？”

这位记者笑着对我说：

“拥有豪华游轮的人，拥有私人飞机的人，最终都要在一个美丽的地方建造一个美丽的家，修建美丽的庭园，养美丽的庭园树和盆栽，他们的幸福点就在这里。”

他还说，自己的梦想就是“退休后在一个环境好的地方盖一个房子，修建一个美丽的庭园。”

正如他所说，前来我们思索之苑的欧美、中国、日本的游客，都对盆栽怀有浓厚的兴趣，盆栽文化已成为他们的生活乐趣。随着经济水平和物质文明的提高，人们似乎越来越倾向于大自然，在大自然中寻求心灵的平和与慰藉。生活在21世纪的都市人，越来越珍惜与树木接触的幸福感。

石痴

双手砌石墙

我计划在2003年前，将正门东面的石墙提高95厘米。提高石墙的高度，主要是为了挡风御寒。思索之苑里展示的盆栽与树木需要防风，特别是要挡住冬季的寒风。在已有的石墙上进行的筑高工程只进行了30米左右。这个工程是从6月中旬开始的，只有一个来月的时间。我计划在夏天结束之前完工，所以最近把工作重点都放在筑高石墙上来。

在培育盆栽的同时，抽出时间砌石墙。每一块石头都是我亲手挑选，亲自打磨，让它们再生成为抵御济州岛寒风，守护盆栽树木的牢固石墙。虽说这是一件十分吃力的活儿，但我却像热爱盆栽一样热爱它。

可常常是工程完工后，过了一定的时间后又会暴露出诸多弊端。思索之苑开园时，由于时间紧迫，没有把石墙砌到设计的高度，心里总是感到惋惜。因此，我把2001年筑高了120厘米的正门也重新进行了改造。虽然是局部增高工程，可还是历时6个月的时间。如果不是西门那样的大工程，通常都是以苑里的人力进行的，所以比较费时。

此次的工程也主要是靠苑内的三四名职工，很难在计划内完工。夏季善变的天气是一个原因，但主要的是除此之外还有许多事情需要去做。

砌石墙的活儿是手工作业，与木匠盖房差不多。

首先要把石块堆在一起，然后根据用途进行分类。由于砌的是双层墙，所以要根据石块的形态，确定其位置。从大体上石块分为里层的和外层的两种。标准与大小无关，主要看它有无平面，无面的叫杂石，有面的棱角石。

对石块进行分类后，开始对棱角石进行加工。有些石块需要两个有棱角的面，有些需要四个。基本上都是挑选有面的石块进行加工。把有四个面的棱角石放在边缘三面都显露的位置上，剩余的砌在露出两面的位置上。

打磨一个棱角石，通常需要用铁锤敲打数十次至二三百次，不仅耗时费力，而且困难重重。

这样打磨好的石块选好位置之后，用水泥将其固定，在原有的高度上搭建架子进行施工。

首先用石锤砸碎原有石墙的上面，避免与筑高的部分产生界线，然后从两边开始砌起，最后在里面砌上杂石。有一位职工在我身边打下手，搅拌水泥，递有棱角的石块，还有一个人在石墙下面搬石块。

我把身边职工递过来的石块，与已砌部分自然地连接在一起，并不时下来观察整体效果。把一个个石块放上去之后，用锤子敲一敲再将其固定。这些石块砌上去之后不能再拆下来，所以放石块和选择石块这些活儿都由我亲自做。筑高的石墙不是很高，不会有倒塌的危险。但是，第一次砌石墙时，一天不能砌得太高，否则就会有倒塌的危险。

就这样，砌到确定的高度后，用水平尺检测是否达到水平面，然后在用水泥固定之前，先用刷子洗刷上面的接缝。每次完成一块，就要挪动一次施工的梯子，再以同样的方法进行施工。由于长时间在空中的架子上与沉重的石块打交道，导致腰部和腿过分劳损，常常痛得彻夜难眠。

施工用的梯子宽为 3 米左右，砌 3 米左右的石墙需要 3 卡车石块。完成整个工程需要其几十倍的石块，可最近石块也不太容易弄到。所以，我平时不断地积累。大部分石块都是从果园或新开垦的地方要来的，有些是买来的。专门加工石块的郑科长负责第一道工序，就是选择有棱角的石块进行加工。

石墙的来历

1992 年，经过三年的艰苦施工，思索之苑在尚未完工的情况下开园了。因此要做的事情堆积如山。开园后，每年都要对苑里的各个角落进行维修和新建。其中，砌石墙和建石门的工程几乎每年都在进行。

开园时有些缺憾的石墙在一点点增高，去年冬天，位于松树园 Soul Garden 的第六个石门北门终于完工了。北门工程由于诸多原因一直被推延，完成这个工程让我如负释重。开园时还是半成品的北门，一直让我感到对不住游客，现在总算做了交代。

由于那边比外围道路地势较低，因此在思索之苑里面看，别处的石墙比这里高出了一倍。我心里一直想着早点完工，可是由于财力、人力有限、设计变更等诸多因素，工程推迟至今。

起初计划以正门为中心，在那边建盆栽文化馆，因为这个地方地势较低，位置偏僻。可是后来我又改变了主意，决定在这里建一个盆栽展示场和小广场。

然而，由于工程庞大，地形特殊，施工难度大，起初我不知该如何进行。当然也感到有些力不从心。

首先我决定筑高石墙，在里面建阶梯式展台。同时，也把脑

海中一直设想的北门建起来。于是把种在那边的树木都移植到别的地方，从铺钢筋打水泥等基础工程做起。

平整地面，在旁边建假山，用石块砌西门，这些工程只是为建盆栽展示场打基础，却整整花了 9 个月的时间，动员了 450 名外部劳力，用掉数十卡车石块。完成松树园的石墙和北门及灵魂塔历时 3 年的时间。

我每天早出晚归，一天的大部分时间都在工地上指挥工程，与工人们一起砌石墙。如果我不带头干，就无法调动和督促工人，苑里的职工也挤出时间来帮忙。

石门、石墙、阶梯式展台和周围的假山基本建成了，可要建一个像样的展示场还需要几个阶段的后续工程，要做的事情很多，要走的路还远。

开始砌石墙是刚到济州岛之后。

我从小生活在内陆地区，看到济州岛的火山石觉得十分新奇，在我的眼里，它们简直就是宝石。在这里，随处可以见到表面粗糙，色泽青黑，上面有许多气孔的石头。在地里也可以拣出许多这样的石头。我在附近居民的帮助下，用石块砌起了农场的单层围墙。

即使到了冬天，我还是有干不完的活儿。我总是穿上厚厚的棉裤抵御寒风，而农场的树木也需要保暖。单层的围墙挡不住寒风的袭击，于是几年后，我把单层的围墙拆除了，重新砌起了双层的围墙。我向附近的居民们收集各种大大小小的石块，还收集以石块做的各种生活用具。

到济州岛后我第一次看到火山石，这些石头在我看来都像宝石。我开始用这些石头砌石墙。一个个小石头并不起眼，可是，当它们变成又高又长的石墙时，却别具风格。虽然现在还未完成，但只要健康状况允许，我会一直不停地砌下去。

现在作为造景物摆放在思索之苑里的碾子，就是这里的居民向我推荐的，石磨是在城里的古董店里买来的。总之，凡是石头或以石头做的东西我都收集，所以当地人在背地里说我是“石痴”。过去常常有人让我搬走地里挖出来的废石，可现在济州岛的荒地已经开垦得差不多了，石头越来越珍贵了。

想当年，我还用石头盖过房子。建苑初期，我每天往返于首尔和济州岛，每次到达济州岛时我都想，能不能用这里丰富的石头盖一座房子呢？于是我开始收集石块，一点点地砌起来。我把扁平的石块棱角朝外，形成一种独特的造型。由于是一边干农场的活，一边挤出时间盖房子，所以历时两年才盖起一座18坪的石房。

用石块盖的房子，风格独特，外形美观，而且冬暖夏凉，住着十分舒适。也许那个时候还没有石房的缘故吧，不知谁向郡政府告了状，说我在这里建了豪华别墅，郡里还曾派人来调查此事。那时，济州岛还没有现代式的石房。洗去豪华别墅之嫌之后，有不少人到此参观，随后岛内出现了不少石房。从此，我的石房便成了"济州岛石房的鼻祖"。

无论是过去还是现在，不管干什么，我依然爱石如宝。思索之苑的工程大部分以石块为主要原料。如职工的休息室、长石凳、挂着两个青铜秋千的石柱子，放花盆的石台子等等，能用石头来做的东西很多。

不停砌石墙的缘由

2002年进行北门工程时，由于长时间站在架板上砌墙，晚上睡觉时小腿常常抽筋，腰部和腿部手术后留下了后遗症，经常疼痛不止。然而，时间不等人啊，我还有多少时间可干呢。再说，我不能辜负那么多好心人对我的期望和鼓励。

站在架板上砌墙时，来来往往的人都向我投来微笑。有些人向我挥手，有些人拍手鼓掌。开着拖拉机路过此地的司机们也鸣笛向我致意，我也以微笑答谢他们。

有一次，一位来自英国的妇女紧紧握着我的手，流着激动的泪水说:“这里实在是太美了，谢谢您。”望着她，我的眼睛也湿润了。有一次，中国的十多位高层领导参观结束后发现了我，当时我正在汗流浃背地砌石墙，他们纷纷向我伸出大拇指，并邀请我合影留念。每当这时，我浑身就充满了力量，心中说不出的感动。

近来，要见我的外国人多了起来。虽然频繁会见客人会影响工程进度，但我总是非常愉快地从高墙上下来去见他们。每次会见新的客人，我都会有新的收获。通过与他们交谈，给自己一个充电的时间，这对我来说是一件愉快的事情。

有一次，挪威诺贝尔和平奖审查委员会的代表们访问思索之苑。当时，我正在工地上砌石墙，一位职工跑来对我说，客人们很想与我喝杯茶。于是，我穿着工作服朝食堂走去。

见到我，他们高兴地迎上来，紧紧地握住我的手。他们原本计划参观1小时，可后来又延长了30分钟，参观了思索之苑的各个角落，连连发出赞叹。诺贝尔博物馆馆长夫人通过翻译表示想与我拥抱。夫人抱住浑身是汗和灰尘的我，高兴地说：

每当在庭园里看到游客们发出惊叹时，我就会忘记身体的疲劳，产生新的力量。感到自己的付出非常值得，同时会生出一种沉重的使命感。

“真是一座美丽的庭园，您自力更生建造了

如此美丽的庭园，实在令人感动啊。”

从他们敬佩的目光和赞叹中，我获得了新的力量，忘记了工作的疲劳。游客们的称赞对我就是最大的鼓励和安慰。他们让我更加确信自己所付出的一切是多么有意义和有价值，同时也产生了沉重的使命感。

我一年到头不停砌石墙的目的，主要还是为了实用。从经营农场时期起，无论是白天还是夜晚，只要有暴风雨，我就跑出去搬花盆，抱着花盆摔倒、受伤是常有的事情。从那时起，我一直视防风为生命，把它作为一项长期的战略性工程。所以，至今我还在不停地砌着石墙，开始砌石墙时是为了防风保护树木，而现在是为了进一步加固。

有人说我是石痴，这话不假，我深深爱上了济州岛的石头。

一个个不起眼的小石块，积累起来就会筑起一座长城，它的特殊意义就在于此。暴风刮来的时候，它是保护树木的卫士，国宾来访的时候，它又是坚强的卫兵。它体现了济州岛特有的风格，雄伟壮丽的石头建筑，会令游客更加赏心悦目。然而，目前它还只是个半成品，因此，只要身体条件允许，我将不停地砌下去，为后人留下宝贵的财富。

日本盆栽文化纪行

日本人的盆栽之爱

截止到 2001 年，我先后访问日本六次。我挤出时间去日本，主要是为了考察日本的盆栽文化。我通常都是把时间安排在享誉全球的国风展进行时。

国风展始于 1926 年，每年的二月上旬在日本东京举行为期一周的盆栽展示会。在东京上野公园内东京美术馆举行的盆栽展示会，向人们展示着日本悠久的盆栽历史与传统。日本天皇、皇太子、前任总理大臣级人物以及日本盆栽协会总裁和各界要人都出席开幕式。除日本人外，来自世界各国的盆栽爱好者也都云集于此，盛况空前。

日本人对盆栽的关心与爱护，已超越了个人的兴趣和爱好。日本皇宫庭园内有一些相传多年的国宝级珍贵盆栽。据说，第一、二次世界大战期间，为了保护好这些珍贵的盆栽，皇宫的园艺师们都被免征兵役。我还听到了这样一侧故事：一位舰长上战场时，把自己心爱的盆栽放到船头说："盆栽死我也死。"风平浪静时，他把盆栽放到船头，风大了就把盆栽搬到船舱里，一直带着盆栽参加战斗。从他们对盆栽的热爱中，我们可以看到日本人爱盆栽的历史传统。

对参加国风展的盆栽审查是十分苛刻的。据说从事盆栽

2000 年 10 月 2 日，韩国前总统全斗焕、日本前首相中曾根康弘访问思索之苑。

二三十年的人要出品一个盆栽也很难。展前进行审查时，不仅要看树木，而且要从盆钵的选择等作品的整体上严格审查，如果不是完成度出色的作品就难以当选。

国风展的审查是公正的。由专门审查委员会审查。根据树种进行评审，如果作品价值高，就会在文化厅作为珍贵盆栽注册在案。审查时，绝不考虑人情关系，而是以作品的完成度作为标准。通过如此严格和体系化的审查，对珍贵的盆栽进行登记注册，并给予珍贵文化遗产待遇。日本的这种惯例给我很大冲击，他们是把盆栽作为国家文化产业来培育的。

与之相比，在韩国无论是盆栽展示会审查的公正性，还是观众的热情都还远远不够，即使审查是公正的，但是要得到国家的认可和保护，目前还是可望而不可即。

经过如此严格审查出品的盆栽作品，其水平也是世界一流的。有不少被誉为名木的作品。

亲眼观赏这些曾在书本或杂志上看到的名木，让我十分感动。然而感动之余心里又有些难过。因为在这些名木中，不少是从韩国过去的。生长在韩国的树木，经日本人的培育，再生成名木在盆栽展示会上展示。

在盆栽展示会上，有韩国自生的韩国鹅耳枥、陆松、木瓜等树种。在我们的邻国日本看到韩国传统的自生树种感到十分欣喜和自豪。我国自生树种在国外更受人们喜爱，这说明我国的树木是十分优秀的。

大宫盆栽村和西相园

日本通过 1964 年的东京奥运会，正式向世界推出了盆栽文化。当时作为旅游景点之一的埼玉县大宫盆栽村，至今仍是日本具有代表性的盆栽旅游景点。国风展期间，到盆栽村去参观已成为一个惯例。在一个小小的城镇里，10 多户盆栽专业户，在 100~200 坪的院落里培育盆栽，其村子本身已经成为一个旅游商品。

大宫盆栽村的居民不仅亲自培育盆栽，而且出售包括盆栽在内的各种盆栽用具。此外，还有一个专卖盆栽用品的绿色俱乐部。我也曾在绿色俱乐部购买了盆栽用剪子等各种盆栽工具和器材。这里的盆栽用具品种多、质量好，还有一些花盆价格昂贵、具有很高艺术性的作品。日本丰富的盆栽道具和商品，每年都会创造出巨大的经济效益。

每次到日本，我都要到盆栽村去看一看。2000 年 2 月参观国风展时也去了盆栽村，可是不凑巧，那天正赶上他们有集体活动，全体村民都休息。庆幸的是，这天曾在 NHK 工作的新屋龙三郎先生热情为我做导游和解说，使我顺利地参观了这里。由于盆栽村的居民们都是在家里培育盆栽，所以不少家庭都是世代相传的祖业，盆栽状态非常好，好的树木也很多。可是，一些无人继承的家庭，看上去管理就相对差一些。

盆栽只要稍有疏忽，很快就会老化、走形，作为一个作品就会失去生命力。我不由得想，看来盆栽只能作为世代相传的产业。

参观埼玉县西相园时，我也有同样的感受。

西相园是日本著名的盆栽公园，有许多优秀的盆栽作品和名木。我在书本上了解了一些，一直想亲眼目睹一下。可是，20 世纪 90 年代初，我到此访问时，这里已经关门停业了。它的创建者已离开人世，由他的儿子继承事业，可由于儿子对盆栽不感兴趣，放弃了经营。

我给继承该园的二世社长打了电话，得到社长的许可后，等候在这里的职工带我们一行进园参观。规模为 10 000m^2 的西相园，果然名不虚传，里面有许多曾参加国风展的名木，以及优秀的盆栽作品。这里也有从我国传过去的韩国鹅耳枥和木瓜树。

在这里可以看出这位年轻社长的父亲，也就是西相园的创始人，为此付出了多少心血和汗水。可是，这些名木由于管理不善，已经出现明显的老化现象。停业后，虽然有专人对盆栽进行管理，但树木状态不佳。总之，这里的树木失去了往日的生机。

我们一行结束参观出园时，年轻的二世社长来到了西相园。他说，目前他正在从事别的产业。喝茶时，我们进行了短暂的交谈。他对我讲起了自己和父亲。

“我去过韩国的济州岛，但只到过娱乐场，没有去过别的地方。我从小对盆栽不感兴趣，生活比较放荡。长大后，每天在外面一玩就是一个通宵，凌晨回来时，看到父亲还在院子里侍弄树木。我就偷偷地溜进房里，装着早已回家，可父亲从来没有责备过我。父亲去世后，我心里明知父亲对盆栽的热爱，可是我对树木却丝毫不感兴趣，心里觉得非常对不住父亲。”

听到他一番发自内心的话语，我呆呆地望着他无言以对。看来，只有爱树的人才会养好树，不然是不可能的，我心里有种说不出的悲哀。收集和养护这些珍贵的盆栽作品，创建者付出了多少心血啊……如果创建者的儿子能继承家业，精心管理和养护这些盆栽该多好啊。在这冷冷清清的西相园里，我心底升出无限忧虑，我会不会也像西相园的创始人这样，只是一厢情愿呢。

创业难守业更难。像西相园这样规模庞大的盆栽公园，其创业的艰难是可想而知的，然而管理和守护更是难上加难。事实上，在经营盆栽公园的过程中，我时刻感到这种危机。盆栽爱好者都深知其中的苦衷，为之难过。

成範永先生と思索する庭園
に出会うことができ，感謝感激
です。日本人の心を打つ素晴しい
名苑ですね。"THINK"(思索する)
を肝に銘じ，教育にあたりたい
と思います。 2009.9.2
日本·大阪観光大学観光学部長 中尾清

“见到成范永先生和思索之苑，我十分感谢和感激。这是一座打动日本人人心的名苑。我要把 THINK（思索）铭记在心从事教育工作。”2009.9.2
日本大阪观光大学观光学部长中民清

有一次，日本的 6 名盆栽爱好者到思索之苑来参观。访问思索之苑之前，他们多次发传真，打电话，想事先与我取得联系，约定见面时间，可一直联系不上。那时，正赶上思索之苑的电话区位号由两位数上升到三位数。无奈，他们到首尔后马上通过导游给我打来了电话。可不凑巧，他们要来的那天我正好有约在先。我在电话里说：“明天我没有时间啊。”听到我的话，他们立即取消在首尔的所有日程安排赶到了济州岛。他们的热情让我十分感动，结束三个多小时的参观，我们坐在一起喝茶交谈。他们拿出一张在 A4 纸上打印好的密密麻麻的问题，一个接一个地向我提问。最后，他们对我说：

“太让人感动了。日本为了建野外的盆栽展示场做了很大的努力，可至今还没有建起来。这里的惊人之处就是思索之苑本身。我们天皇陛下真该到这里来参观一下。以后，能不能与我们进行盆栽艺术交流？我们有一个建议，入场券太便宜了，能不能

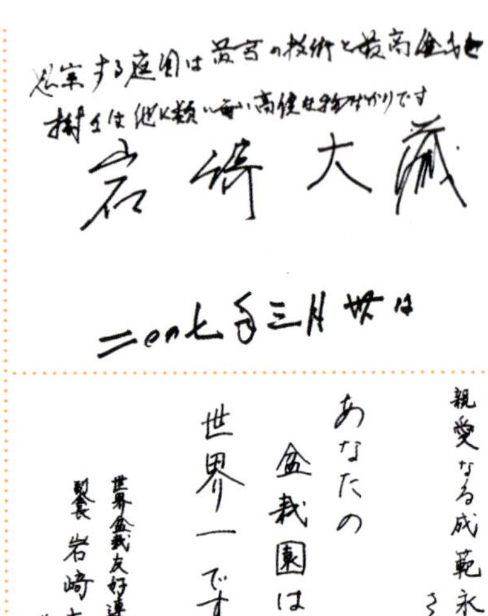

已故的世界盆栽友好联盟副总裁岩崎大藏先后两次访问思索之苑。
“最好的庭园，最好的技术，最好的盆栽，独一无二的先进技术。”(右上)2007年3月30日。
“亲爱的成范永苑长，您的盆栽园世界一流。”（右下）2007年10月3日

每张提高到3000至5000日元？”

听到他们的话，我和往常一样没有马上回答他们。

过了一会儿，我平静地说：

“那样当然好，可是现在还有人认为门票太贵。要转变人们的观念还需要一定的时间啊。”

作为同行，他们比谁都清楚经营盆栽公园的艰难。听到我的话，他们脸上挂着遗憾的表情点了点头。

日本只有三所观光大学，其中大阪观光大学是最大的一所。该校的学部长访问思索之苑后连连惊叹“了不起，好的让我说不出话来。”

已故的岩崎大藏当年九十三岁，担任世界盆栽友好联盟副总裁，是最有资格评价盆栽与庭园文化的盆栽界最高权威。

在 300 年前的松树公园里

自从有人向我推荐日本高松市内的育林公园以来，我一直想到那里去看一看。被誉为松树之乡的高松，拥有一个 300 年前建造的育林公园。经过漫长岁月的精心管理和养护，这里的树木造型独特，美丽多姿。特别是拥有许多海松庭园树。

我一向对松树情有独钟，一株株经过精心修剪的海松和大大小小的松树，让我大饱眼福。特别是环抱的五针松和雪松，其和谐与美丽让我惊羡不已。300 多年来，日本人为保存和管理这个公园所付出的努力实在令人敬佩，300 多年前创建此公园的人更是高瞻远瞩。

我想，假如我拥有这个公园，就是给我任何东西我也不会去换。优雅的环境和美丽的树木让人感动，吸引着无数的人们到此观光。可以说，树木是衡量一个国家文明文化水平的尺度，日本人早已认识到了这一点。正是因为有了这种超前的思维，他们才把自己喜爱的盆栽文化，摆到国家的高度进行培育，并将其开发成为文化商品。

日本人每年通过举办国风展掀起盆栽热潮，把入选的名木作为珍贵文化遗产登记注册，让其自己创造出附加值，由此调动更多的人投身到创盆栽精品的活动中来，掌握了把盆栽文化推向世界的主动权。1989年，日本还成立了世界盆栽友好联盟（WBFF），每四年在世界各地举办一次盆栽大会，逐渐在世界上确立了盆栽宗祖国的形象。

虽然目前日本主导着世界盆栽文化，但盆栽是1300多年前从中国开始的文化，后传入到印度，高丽中期传入韩国，后来又传入日本。

公元600年前在韩国百济古都扶余建造宫南池的庭园师路子工东渡日本，在东京法隆祠建造了庭园，在日本第33代推古天皇在任时期（592—628）公元611年在皇宫建起莲花池，还为北海道帝国大学校园造景。该大学记载日本庭园师的鼻祖是路子工。日本《古事记》中也记载日本庭园的始祖是百济的路子工。也就是说，从那时起日本的庭园文化开始发展起来，同时盆栽文化也开始兴盛。追根溯源，日本的庭园文化是由韩国的庭园师传播的。

日本的盆栽已形成了文化与产业。由于已经找下了盆栽宗祖国的烙印，日本的盆栽与素材每年出口到世界各国，创造巨大外汇。我走在育林公园的松树林中，思索着我国盆栽的未来。

思索之苑与新村运动

胜利的原动力

盆栽不是日本的传统文化。1300年前源于中国，高丽中期传到韩国，后又传入日本。可是在韩国，至今还有不少人认为盆栽是与我们无关的文化，是在摧残树木。对盆栽文化所创造的文化、艺术、经济价值认识不足。

在韩国，对盆栽文化有过不光彩的历史，至今也是如此。1989年日本成立了世界盆栽友好联盟，邀请韩国加入。为此，韩国盆栽协会向大韩民国文化公报部申请成立韩国盆栽艺术协会。可是多次遭到当时有关负责人的反对。他认为，从山上挖来树木栽到盆里出售的人，怎么能成立艺术协会。无奈时任韩国盆栽协会会长的全相基只好到日本，向日本盆栽协会名誉总裁岸延先生拜托，请他给大韩民国文化公报部部长写了信，这才获得批准。

如今，水石和盆栽文化已经传播到全世界，被世人认为是最高雅的文化艺术。尽管如此，在韩国，政府与社会对盆栽文化的理解还不够，加之韩国盆栽界的一些官员自私自利和不作为，使得盆栽界与水石界的人员不能团结起来融入到世界盆栽界中，形成良好的合作关系，令人羞愧和心痛。

韩国山水秀美，气候宜人，拥有多种树木和水石，拥有精湛的技术和优秀的匠人。眼下却不能充分利用好这些丰富的资源。

我相信，如果将我国的盆栽艺术发展成为高雅文化艺术，使之旅游资源化，那么就会成为吸引世人的巨大原动力，同时会使文化艺术水平更上一层楼。

比起盆栽发源地中国和起步晚些的日本，韩国盆栽曾经有过辉煌时期。可是在文化更为发达的时期，国家为何没有把盆栽从国家的角度，作为文化、艺术及产业来发展呢？当时，农村人口远远超过城市人口，与其在肥沃的农村土地上建设冒着黑烟和废水的工厂，为何不引导农民种树呢？实在令人痛惜。

20 世纪 70 年代，新村运动在全国各地蓬勃开展，我试图把盆栽作为事业来发展也正是由于这一契机。当年我来到无电无水的济州岛，开垦荒凉的乱石地时，背后经常听到人们说我是“疯子”，但我咬牙坚持下来。现在回过头来想，如果没有新村运动，

也许就不会有今天的思索之苑。在创建庭园的过程中，因为太吃力我几次想过放弃，但每次都是新村运动给我力量和勇气。新村运动赞歌至今在我耳边回荡。虽然还是未完成的庭园，但思索之苑已被越来越多的人所认识，我期待它结出丰硕的果实。新村运动是将思索之苑由失败引向成功的原动力。

济州岛的庭园树—朴树

高大的长寿树

朴树的树枝像榆树的树枝那样细腻。不像那些天性矮小的树木，从一开始就生出许多细干，像朴树这样高大的树木，从高耸的粗干上方树枝平展伸出。

在高大的树木中，朴树的细枝是比较多的。这些树枝平展开来，形成伞状树型。

朴树适应性强，对土壤要求不严，在贫瘠的土壤中生长得也不错。但由于木质部较弱，栽在盆钵里时，冬季细枝容易干枯。朴树的叶子也较之其他树木的叶子容易生虫。因此，朴树盆栽每年都要进行三四次消毒。

朴树萌发力强，生长较快，也很适应济州岛的环境。特别是汉拿山北部地区生长着许多朴树。汉拿山南侧的西归浦市和北侧的济州市温差很大。南侧由于汉拿山挡着海风，冬季即使下了大雪很快就会融化，气候很温和。而北侧由于寒冷的季风，天气比较寒冷。

这种气候条件对树木的栖息也造成影响。济州岛到处都分布着天竺桂、红楠、樟树、山杜英等树木，而北侧生长着许多耐海风和海水的海松或朴树。

济州岛自古就是出了名的石头地。但是，贫瘠的土壤，近海刮来的盐风，并不影响朴树的生长。就拿思索之苑周围来说，村口、田埂、庭园到处都可以看到朴树的影子。由于它比别的树木粗壮挺拔，所以即使在远处也能一目了然。

济州岛朴树。

然而，这里的强风并不放过朴树纤细伸展的枝条。不过树枝被折断并不一定是坏事。这里的朴树即使无人专门管理，整体上还是给人一种刻意修整的感觉。这里的强风等于为树木进行了剪枝，而朴树通过强风的剪枝得到均衡生长，维持细枝。

剪枝是园丁们所做的最基本的工作之一。剪去枯枝、细弱枝，剪除或剪短徒长枝，就会使树木保持优美姿态。在思索之苑，对庭园树也要根据具体情况进行剪枝。把那些徒长枝和影响旁边树木生长或给盆栽造成阴影的树枝剪去。

树叶落下去之后，朴树的树枝会更加突出。春天到来时，朴树的树枝上会冒出嫩绿的新叶，叶色秀美，生机盎然，是观赏的最佳时期。

天气炎热的盛夏，朴树的树枝就会被浓密的树叶完全遮住。即使从底下往上瞧，也很难找到正在树叶之间日益成熟的小果实。从整体上看，这时的朴树就像一把撑开的大雨伞。炎热的夏季，美丽的朴树下面是最好的乘凉处。

盛夏，我经常在朴树的绿荫下乘凉。到了秋天，翠绿的树叶就会染上金黄色。

朴树的叶子上会生出许多小虫子。开春刚刚冒出新叶时容易生虫子，这时给它消毒就会生出新的叶子。朴树的果实很甜，可以吃。过去，孩子们常用朴树枝做玩具手枪。

在距我们思索之苑不远的地方，沿着干枯的河川有成片的朴树林子。这个只有雨季才会流水的干河，由于济州岛特殊的玄武岩地形，大部分雨水都流向地下。到这里便可观赏到壮观的朴树群。

朴树高大且寿命长。自古人们就把这样的树木作为村里的行道树，内陆地区常把榉树和银杏树作为行道树，而在济州岛是朴树。

长久以来，朴树已在济州岛人的心里留下了深深的烙印。济州岛出身的画家和摄影家的作品中几乎都有冬季凋零的朴树。只要看到脱去美丽的外衣站在冬季原野上的朴树，人们自然就会联想到济州岛。

未知的树木，未知的天气

怪 味 树

海桐树是济州岛常见的观赏树。一丛一丛生长的海桐树，即使不刻意去整枝，树型也十分美观。5~6 月，在思索之苑里很少看到花，而只有海桐树和山荔枝上，洁白的花儿挂满枝头。

主要生长在济州岛和南海岸的海桐，是常绿落叶树，树叶略短而圆。木质部弱，不能作为木材使用，但抗病虫害能力强，所以常把它种植在草坪中或者在道路中央作为隔离带，给它修剪成圆圆的树型。日本人喜欢把它种在住宅的正门旁，作为观赏树。

如此美观的海桐树，却散发着一种奇怪的味道。一般的树木散发的是一种花、叶、枝以及泥土混合在一起的味道，很难准确地说出是什么味道，而木通或金银木的花散发出特有的芳香。此外，朝鲜冷杉摘叶时，散发出非常好闻的味道。松树的香味则来自叶子，而桧柏树燃烧时散发出独特的芳香。

而海桐树只要碰到树枝，就会散发出一种难闻的气味。橡子树开花之后，会散发出一股骚味和香味混合在一起的气味，野鸭椿散发着一股难闻的马尿味，所以也叫马尿树。

海桐树开花之后，招来的不是彩蝶和蜜蜂，而是成群的苍蝇。到了夏天，枝头上还爬满蝉。也许是花和果实上的黏液招来了苍蝇和蝉吧。

在济州岛，这个气味难闻，很招苍蝇的海桐树，被称为“臭树”。

迷上济州岛多变的天气

济州岛常绿阔叶松繁多，天气也是变幻莫测。

济州岛气候温暖湿润，比任何地方都适宜培育盆栽。然而，由于它是处于茫茫大海中的一个小岛，天气说变就变。刚刚还阳光灿烂，瞬间就会瓢泼大雨。在很短的距离内，常常可以看到东边下雨西边晴的情景。每年夏季如期而至的台风，有时似乎要把整个岛全都卷走，但有时也会因风向的不同，有些地方受影响大，有些地方只是一带而过。这说明汉拿山的作用是很大的。

台风常常会把刚长出的新枝折断，打翻打碎台座上的花盆。每当半夜暴风雨敲打着窗户时，我就会从睡梦中起来冲进庭园，把盆栽一个个从台座上搬下来。每当接到台风警报时，全体员工就会夜以继日地用绳子捆绑固定庭园树，盆栽搬进盆栽保护室。这么一折腾之后，有时我连续几天起不了床。

台风大约在 8~9 月份到来，有时也在 10 月份。晚来的台风大都来势凶猛，受灾面积大。拿我们思索之苑来说，如果台风从大韩海峡撤退，就不会遭受什么损失，但如果台风走向在济州岛的西侧损失就大了。

20 世纪 80 年代初，从济州岛的西侧刮来超级台风（1985 年第 9 号台风 Lee）。这场台风刮走了空军雷达基地，山房山那边，

济州岛的天气变幻莫测。刚刚还阳光灿烂，瞬间就会瓢泼大雨。我每天在苑里，有时让风吹得全身缩成一团，有时被骤雨浇得像个落汤鸡，有时一早穿着长袖出来，可一会儿又被火辣辣的太阳烤得不得不把袖口挽得老高。久而久之，对济州岛多变的天气也产生了感情。

小汽车在地上打滚，最后像一个被捏的易拉罐，西侧有 180 多个电线杆被折断。我在济州岛生活多年，还是头一次遇到如此规模的大台风。

那时，为了防止农场的塑料大棚被风刮走，我把 15 个 6 英寸的砖头捆在一起，用绳索连接起来之后放在三处压风，将整个塑料大棚都捆起来。然而，来势凶猛的台风还是把塑料大棚整个刮起，瞬间就夷为平地，树木被连根拔起，损失惨重。

由于领教了台风的威力，我对台风格外敏感。所以，每到发出台风警报时，全体员工就投入一级战备。把庭园树用绳子固定在庭园石或台座上，防止根部发生动摇，盆栽全都转移到温室里。在人员少，时间紧的情况下，做完这些工作之后大家都会精疲力竭。

有几次，接到台风警报后，全体职工昼夜奋战，做好各项准备工作，可台风却转变方向，绕道而行。不过，只要接到台风有可能经过这里的预报，我们就要做好充分的准备，不怕一万就怕万一。

即使不是这样，对每天生活在思索之苑的我来说，天气预报比什么都重要。从长期预报，一周预报到当天预报，我一个都不放过，因为天气对树木的生长及管理起着至关重要的作用。

由于雨季长免不了发生病虫害，因此雨季前后要对树木进行消毒，苑里各项工程的工期，也是由老天爷决定的。思索之苑的每一天都与天气有着密不可分的关系，要根据天气变化决定工作的主次。雨季过后首要的工作就是消毒，如接到台风警报，就要根据进展情况，决定该做什么。同时，还要根据降水量的多少，决定砌墙还是在工作室里做其他的工作。总之，每天的工作都要根据当天的天气情况而定。

我每天在苑里，有时让风吹得全身缩成一团，有时被突然而降的雷阵雨浇得像个落汤鸡，有时早晨穿着长袖出来，可一会儿又被火辣辣的太阳烤得不得不把袖口挽得老高。久而久之，对济州岛多变的天气也产生了感情。

树中之树—松树

深受世界盆栽专家喜爱的树木

松树科中有陆松、杜松、红松、锦松、海松、罗汉松等，种类繁多，但韩国的自生种松树大体上分为陆松和海松。主要是根据其生长的地域来区分的。海松主要生长在京畿道西海岸至南海岸，在庆尚北道附近海岸和济州岛也能看到。海松大都生长在海岸边，而陆松大都生长在内陆地区，特别是高山地带。

陆松的针叶细而柔软，而海松的针叶则是略为粗硬。陆松大部分树干弯曲，而海松则树干挺拔。生长速度通常是海松初期快，而五六十年之后则是陆松生长得更快一些。生长在海岸边的海松，具有很强的耐海水和盐风的能力，比陆松吸收的水分大。

陆松和海松的树皮色泽和形态也不尽相同。陆松树皮呈深红色，树皮鳞状开裂，而海松的树皮黑而粗糙。所以陆松又称为赤松，而海松称为黑松。

我们常说的松树就是指生长在内陆地区的陆松。陆松对我国贫瘠干燥的土壤适应性强，所以有不少多年生老桩，还有不少是生长在悬崖峭壁上，具有很强的生命力。松树是典型的喜阳树，喜欢生长在朝阳的地方，不喜欢与别的树种混合生长，都是一群群生长在一起。

人们常把生长在内陆高原地带，在严寒酷暑中裂开的松树皮

● 直干型海松盆栽。

比喻为龟背或龙鳞。在生长过程中，由于树干自然弯曲，曲线优美，所以又称之为女人松。

不畏严寒，四季常青的松树，给韩国人的生活和文化带来深刻影响。韩国人常常到西檀堂的松树下求愿，用松树建造房子，用松树枝来引火，灾年或青黄不接时以松树内皮充饥。做蒸糕时，在锅里铺上一层松树叶子。还用松球制茶或酿酒，用寄生在松树根上的茯苓做药材。

韩国人还认为松树是树中之首。十长生（海、山、水、石、云、松、不老松、龟、鹤、鹿）中就有松树。也许在隆冬腊月里依然苍翠雄健的松树，让人们生出了敬畏之情吧。

松树与韩国的历史有着密切的联系，可以说它是一种能够代表韩国的树木。无论是寒冬酷暑，松树始终保持着坚韧不拔的气节。

前不久，我亲眼目睹了传说中的千年老松。我应中国沈阳市市长的邀请，到沈阳访问了植物园博物馆，在那里我有幸亲眼目睹了一株直径为 1.6 米的千年陆松，惊叹之余让我感动不已。这株千年陆松，让我再次证实了松树树龄越高树干越粗的事实。

要使松树保持优美的树型，就要在六七月时为其剪掉春天生

◉ 陆松盆栽。

出的新枝，老叶要摘掉二分之一，那么在摘除的地方就会生出新枝，第二次的新枝会短一些，整体上就会变得更美。要根据树木的健康状态，每年都进行精心修剪，这样树木就更显其优雅姿态。不过剪粗枝要在冬季休眠期进行。如果不分季节，随意剪枝，松脂溢出就会导致树木死亡。因为我们还没有办法阻止松脂的溢出。

在思索之苑里，也有陆松和海松等多种松树。其中正门旁边的那株陆松是1998年前中国国家主席胡锦涛来访时种下的纪念树，是从庆北地区调运来的。

陆松可以说是能够代表韩国庭园的树木。为了培育陆松，我不惜代价，付出了很大努力。苑里的陆松都是从陆地上通过船只运来的。有一株陆松是六七年前从庆尚北道搬运来的，树龄约为200年。在移植3年前就已经获得许可，并做好各项移栽准备。当时我们在庆尚北道用11吨的大卡车栽着这株老松，可是无法通过高速公路的收费关卡，只好重新返回到国道。由于载着陆松的11吨大卡车无法进入运输车辆的渡轮门。怎么办呢？想来想去，最后把轮胎的气给放掉一些，到达济州岛港后，重新给轮胎充气。这棵树栽种到思索之苑时，动用了大型起重机，可见它是多么的高大与粗壮。

移植到苑里后，经过一两年痛苦的落根时期，它终于恢复了生机。望着这株百年老松时，我露出欣慰的微笑。接下来该渐渐地为它剪枝、矫正树型了。可就是这株我十分珍爱的、付出多年心血的老松，移栽三四年后死掉了，让我非常伤心和失落。

曲木不可直

作为木材，松树可谓“百木之长”。作为木材使用的是树的内部，就是它的木质部。各种树木的木质部都不尽相同，松树不仅木质部坚硬，而且不易腐烂，这是由于松脂耐水性强。同时，它色泽呈红色，更增添了美的因素。

因树干挺拔，姿态雄健而得名金刚松的“春阳木”，与一般弯弯曲曲的松树不同，它看上去似乎生长在肥沃的土壤里。松树都是独自占据着一定空间生长的，当然土地越是贫瘠树干就会越加弯曲。然而，在土壤肥沃的地方生长的金刚松，就没有这个必要了，向着太阳，笔挺地生长着。

春阳木主要用于宫殿、寺院等国家重要建筑物，这说明松树作为木材比别的树木更加优秀。发现松树这些优良品性的是古代的好木匠们。

据说以松树树基做屋檐，这主要考虑松树树基弯曲生长的特性。由于基部没有节子，可以从中获得干净的木材。曲木不可直，它自有它的特殊用途。

在环境研究方面，松树也成为重要的资料。不久前，与韩国汉拿大学临床病理学系朴新荣教授一起来访的日本国立环境研究所医学博士佐竹，对我国的松树表现出极大兴趣。他说，他正通过松树来研究韩国古代的环境状况。年轮年代学目前还是一个陌生的领域。

据佐竹博士讲，把一个直径 5mm 的又细又长的“生长锥”放进松树的树心中，抽取木片。比如，在树龄 300 年的松树中，把“生长锥”放进 200 年前生出的年轮中抽取木片，来分析那个时期的公害指数和环境污染状况。此外，分析树皮的一部分就可以获得准确的树龄。不仅如此，还可以得知树木曾经经历的那个时代的环境因素。

朴新荣教授在日本曾与佐竹博士一起从事这方面的研究，可是回国以后，由于韩国没有这个领域的研究所，竟然找不到一个合适的工作。这让我切身感到，韩国也应尽快建立起这样的研究机构，通过我国自生的树木，研究我国的历史和环境。

芳香的树木—韩国桧柏树

气质高雅而温和的树木

在庭园的一侧，桧柏树的粗干就像拧在一起的两条绞线，倾斜着向空中舒展。在这些偏向同一方向伸展的树枝下，从下往上看，会看到里面密密麻麻的树枝。桧柏树的叶子比松树的叶子短而茂密，形成钟的模样，温柔地覆盖在树枝上。

桧柏树拧在一起的粗干，就像红线和白线绞在一起，这是经过雕凿的树干。红色的部分是活着的部分，而白色的部分则是雕凿上去的，桧柏树也和枷罗木一样，木质部较硬，不易腐烂，可进行雕凿。桧柏树干拧劲生长的特点，与雕凿相得益彰，形成桧柏树独特的风格。

对桧柏树的细长枝进行适当修剪，并在下面用木桩支起。起

以树木固有的树型和特性来布置，因势利导，这就是我所思索的造景，思索的庭园。我思索之苑的桧柏树上都贴了韩国桧柏树的标签，正是为了广泛宣传我国桧柏树所具有的气质和美丽。

初桧柏树借助支柱的力量造型，随着时间的流逝，撤掉支柱后，仍可以保持其形态。树木各有各的美丽，而像桧柏树这样温和又有气质的树木是不多见的。

桧柏树不仅树态优雅，而且还散发着独特的芳香，所以又称之为香木。过去，人们把截下的陈桧柏树劈成细条点香火，可现在使用的都是人造香。我们的祖先历来十分珍视香木。过去为了获得优质香，曾盛行埋香，为了防腐，还在寺庙的壁画上喷香。桧柏树不易腐烂的原因正是其本身所特有的香味。

据说，桧柏树所拥有的这种能防止腐烂的香气，是在生存战略中产生的。在树林中，树木成为所有生命体的食物链，面对外部的攻击，树木只能是被动的。树木站在一个位置上，把自己的果实和叶子全部献给树林做食粮。

因此，树木除献给树林的部分之外，要努力保留属于自己的东西。所有的树木都要试图长得比自己身边的树木要大一些。树根在地下延伸，树叶朝阳舒展，树干也不停地向上伸展着，以开出更多的花儿来，结出更多的果实，不断繁殖自己的种族。桧柏树独特的芳香，也是桧柏树为在激烈的生存竞争中保存自己而采取的一种方法。

迷上桧柏树

看到思索之苑里的桧柏树上贴着韩国桧柏树的标签，有些人感到不解。

说起桧柏树，人们首先想到的是日本的改良种贝塚桧柏树或美国的铅笔桧柏树。特别是造景用的桧柏树，大都是从日本引进的贝塚桧柏树。沿着树干层层修剪成圆形的桧柏树是贝塚桧柏树。我国自生的传统桧柏树，叶子很尖，过了7~8年之后才会变得柔软，而从日本引进的改良品种贝塚桧柏树，一开始就冒出柔软的叶子。其实贝塚桧柏树没有什么过错，可是一提起桧柏树，人们首先想到的就是日本的贝塚桧柏树，让人感到有些遗憾。

虽然我们在周边无法看到，但桧柏树品种繁多。

我国的桧柏树具有树干扭曲生长的特点，有仿佛在地上爬行的卧式桧柏树，有在岛屿岩石缝里生长的岛桧柏树，还有种在堤坝作为护岸树的堤坝桧柏树，有树型呈圆型，树干从底部开裂生长的玉香木等等。

如果我们忽视了本国生长的树木，那么今后我们到哪里寻找我国的树木，又如何才能传给下一代呢？我们造景的目的并不单纯是为了种树，而是为了同时享有树木的精神与美丽，这才是造景，这才叫庭园。所以，思索之苑的桧柏树上都贴了韩国桧柏树的标签。

多年来，我深深爱上了韩国桧柏树，先后到全国的许多地方选购韩国桧柏树。每到一处，都会看到许多树型各异的桧柏树，但真正让我喜爱的却不多见。由于不太容易得到，使我更加珍视，购进几株栽到苑里。可是生长了几百年的树木，移植起来不容易。

采掘桧柏树时，要把大部分根须剪掉之后连土一起挖出来，但因周边环境不允许，通常都不能如愿。所以，有些树木挖来之后，要在温室里放上 2～3 年，精心加以呵护。

经过精心养护使之成活之后，再用铝丝和管线缠绕，矫正树型。矫正树型需要一个很长的过程。这样，不规整的枝条逐渐就会变得整齐，随着岁月的流逝，树型就会愈加美丽。同时，每年要对树木进行 2 次摘芽，只有这样才能保持树型的古雅之美。养护树木需要投入很多的时间和精力，更需要一颗爱树之心，否则树木是不可能美丽的。

● 韩国桧柏树。

儒生树—朝鲜冷杉

端正的姿态，淡淡的芳香

朝鲜冷杉与松树同属，与臭冷杉、杉松很难区别。挺直的树干与圆锥形的树型以及树叶的形态都是十分相似的。但只要细心观察树叶就会发现它们的不同之处。

首先，朝鲜冷杉不像松树或五针松那样叶子尖长，它的叶子又短又厚，而且朝鲜冷杉的叶子前后颜色不一样。叶子的正面是深绿色的，而反面上似乎挂着一层白苔，有些发白。而杉松的叶子前后颜色差异不大，此外，杉松叶子较硬，而朝鲜冷杉的叶子比较柔软。

难以区别的是臭冷杉和朝鲜冷杉。自生在高山地带的臭冷杉和朝鲜冷杉，有许多相似之处。我不知植物学家们是如何区别它们的，但我是通过叶子的味道来区分的。

把朝鲜冷杉的叶子掰开闻一闻，那香气可谓上品。与松脂的香味有些相似，但比它更浓一些，芳香幽雅，香气长久，沁人肺腑。在所有树叶的香气中，也许没有比它更怡人的香气了。与之相反，臭冷杉上却闻不到这种香气。

前不久，听说出现了一个新兴行业，就是在汉拿山的空气里添加从朝鲜冷杉中提取的香味进行出售。当时我想，异想天开者还真是大有人在啊。过去头一次听说西方人花钱买水喝时我想，这水也脏得可以进行交易了。可如今，我国的人也开始花钱买矿泉水喝，家家都有了净水器。也许新鲜空气成为商品的时代也即将到来了。这足以说明环境污染的严重性。

朝鲜冷杉不仅香气怡人，而且触感也非常柔和。它的叶子厚而柔软，加之精心修剪的圆锥形的树形，更显其优雅美丽。端庄的姿态，淡淡的幽香，这就是朝鲜冷杉带给人们的印象。

土壤与气候不合就会死掉

朝鲜冷杉的学名叫“Abies Koreana”，里面有“Korea”令人欣喜。听说我国自生韩国鹅耳枥的学名中也强调了它是固有树种。据我所知，我国有不少固有树种，但不知为何学名中没有涉及到。植物的学名大都是以最早发现的学者名字来命名的。

总之，在这个地球上，朝鲜冷杉只生长在我国。它生长在高高的汉拿山山顶，就像神木一样守卫着我们生存的这片土地。据说，智理山和德有山也有朝鲜冷杉，但那是与朝鲜冷杉相似，却无香味的“臭冷杉”。像汉拿山的这样大规模树群尚未发现。汉拿山是朝鲜冷杉的故乡，到那里可以看到冬季的朝鲜冷杉。白鹿堂附近，春天也常常积着厚厚的雪，它的冬天就可想而知了。在冰天雪地里，朝鲜冷杉闪着银光，头顶着一层薄冰等待着人们的光临。

有一次，我在德国一居民家里看到我国汉拿山的朝鲜冷杉，欣喜不已。听说德国在与我国建交前，就已经在汉拿山采掘树种进行大量繁殖，并大面积培育。我觉得德国人是格外喜欢植物的民族。

我对朝鲜冷杉情有独钟，很多年前，曾在西归浦的苗圃里购买了五六株朝鲜冷杉苗木，把它们栽在假山的高处。头3~4年长得还不错，可后来在一个夏天里它们都死掉了。冒出叶子时，叶尖打卷，后来就像烫了发式的，全都卷了起来，怎么消毒也不行。我非常希望把朝鲜冷杉留在思索之苑里，可是怎么也无法留住它们。

不知是因为它的浅根性，还是因为生长在寒冷地带的缘故，总之费尽了心思却养不活它们。虽说这里比西归浦冷一些，但与它们自生的汉拿山顶是无法比的呀。

有一次，我在西归浦的一个居民家中看到了一株巨大的朝鲜冷杉，看来气候并不是主要的。朝鲜冷杉为何就不能在这里生长呢？我百思不得其解。这些年来在养树的过程中，我发现自己与有些树木就是无缘。于是，不再贪心，忍痛割爱，但心里总是留着深深的遗憾。

思索之苑里也不是没有一株朝鲜冷杉。1991年春，筹备开园时，曾在瀑布后面的山坡上种上了一株朝鲜冷杉，现在它夹在红枫叶树和南天竹、肉桂树中间，长得还不错。

不过，那个地方种了许多树木，让它们像在树林里一样自由生长。没有像庭园树那样，投入专门的精力加以管理。当时栽种这株朝鲜冷杉时，也曾怀疑它能否正常生长。

我觉得非常奇怪，作为庭园树栽在苑中间精心呵护时，让我操了不少心，可是在那个后山上却无病无痛，长势良好。偶尔到后山去消毒或剪枝时，我首先要看一眼朝鲜冷杉。心里再给它移植一次怎么样呢。

山茶花凋落时

土著山茶花的魅力

山茶花只要不是太干燥，即使在石缝里也会长得很好，在十分恶劣的土壤环境中，它仍能保持顽强的生命力。尽管如此，移植起来仍然困难重重。因为移植时要剪掉细根，移植到盆钵里时更要小心翼翼，要把它放在温室里，做好浇水管理，保持盆土湿润，促进根的活着，这样移植成功率就会高一些。由于山茶花喜欢水，所以要特别做好水分的管理。

当然以播种的方法比较容易取木。可是要使它成长为一棵大树需要太多的时间。因此，作为盆栽木或庭园树时，大都是在民间购进后移植。一定要在第一次移植的地方培育，否则换了地方又很容易死掉。此外，稍有些干就要浇水。只有经过 4~5 年的

山茶树。冬天，在苑里看到落在雪地上的山茶花，立即会被它的美丽和鲜艳所吸引。山茶花不是枯萎了之后才凋谢，而是在鲜艳之时落下。鲜红的花瓣和金黄的花蕊与在树上时一样，有一种既陌生又奇妙的美丽。

精心培植，才会稳固地扎下根。

山茶花。

山茶花浓绿的叶子厚而有韧性。由于是暖带性树种，大部分自生在韩国南部，主要生长在南海岛和济州岛。特别是在济州岛可以看到各种美丽的山茶花，还可以看到雪中的山茶花。

初冬，在苑里看到落在雪地上的山茶花，立即会被它的美丽和鲜艳所吸引。山茶花不是枯萎了之后才凋谢，而是在鲜艳之时落下，鲜红的花瓣和金黄的花蕊依然美丽动人。

从开单瓣花的土著山茶花中，产生了许多改良种的山茶花，但它们都不能与土著的山茶花相媲美。改良种的山茶花大部分来自日本。这些改良种的山茶花虽然各有各的美丽，但它们凋谢后依然挂在树上，看上去有失雅观。花朵鲜艳时落下的土著山茶花，给人的则是另一番感受。

在盆钵中栽培的山茶花大部分都是土著的山茶树。山茶树喜湿怕旱，即使有些伤口仍然长得很好，但由于是暖带性树种，山茶树畏寒，冬天要格外小心，不能让它受冻伤。庭园里种植的山茶树，有一定的耐寒性，但盆钵里的山茶树畏寒，气温下降到零下时，就要搬到温室里。山茶树与别的树木不同，叶子厚而浓绿，冬季也可以观赏到葱翠的叶子。

不过，山茶树也会因树种的不同，开花的时间也略有不同。

表皮有些是略黑色的，有些是白色的。表皮白色的山茶树，身上都有一层污垢，用牙刷刷洗之后，就会露出乳白色的光泽，美丽极了。山茶树作为盆栽木时，还是那种白皮短叶的好看。

做人的道理

民间流传着许多有关山茶花的传说。我把在中国听来的有关山茶花的故事，作为说明文写在了山茶花盆栽前。传说古代中国，有一位大臣给皇帝敬献一盆山茶花盆栽，皇帝看到之后勃然大怒，立即命令把这位大臣拉出去斩首。原来皇帝看到整朵凋落的山茶花，有一种不祥的预感，仿佛被敌人砍下了头。因此，在中国如果给政治家或企业家送山茶花是很大的失礼，等于自讨没趣。

那是中国一位教育部高官访问思索之苑时，那时山茶花开得正艳。他观赏山茶花时看到上面的说明文字后，留下了一句至今让我难忘的话，他说：

“作为一个公职人员，要学会激流勇退。”

最后他对我说：“在中国身为男人一定要做三件事情。”我问他是哪三件，他说：

“供子女读书、盖房子、种树。”

他说的前两件我都点头称是，可是第三件我有些不解，为何一定要种树呢？供子女读书，这是为人父之道，盖房子是为一家之主之道，可是种树是什么道理呢？后来，我觉得也许这就是做人的道理吧。

它意味着一种生活的姿态，向树木学习正直的人生态度。树木假如不是人为地去动，一旦落下根之后，就会坚定不移地生活在一个地方，无论风吹雨打不动摇。树木就是这样，在风风雨雨中顽强地生长。在养护树木的过程中，无需别人的指点，自然而然地就会悟出做人的道理来。成长，应该遵循自然的规律。做事，不能急于求成。应该像树木那样，经得起风雨的考验，慢慢地等待时机成长。

冬天鲜花盛开的树木—金银木

难侍候的树木

金银木是一种难侍候的树木。树干长得不高，表皮为白色，花朵小，清雅芳香。原本它是一种挺直的树木，可是在济州岛这个乱石成堆的地方，被风吹来的种子在石缝中，弯弯曲曲地生长着。那弯曲的程度甚至让人不禁怀疑它是不是属于藤树类。在小山上生长的金银木通常直径 2~3 厘米，很少有超过这个直径的。此外，健康的金银木具有表皮脱皮的特性，里面重新长出光滑的表皮。冷丁一看，就像没有表皮，白而光滑。

金银木的花儿种类繁多，有深有浅，颜色多样，有黄色、蓝色等，但其形状都是相同的。

金银木结果较多，让树木有些承受不了。作为盆栽木时，金银木只是赏花盆栽，而不是观果盆栽，所以要尽快把果子都摘掉。如果把果实都留在树上，树木就会消耗掉大量的能量，对其生长会产生不利影响。金银木要是承受不了，那么树枝就会毫无预告地枯死。因此，要适当地剪掉上枝，尽量避免浪费能量。

品性怪异的金银木，因其独特的树型而引起人们的关注。有些金银木，树干拧着麻花劲儿向上生长，在我们思索之苑里的金银木盆栽中，也有一些这样的树型。苑里的职工们送给它们一个亲切的昵称：夫妻树。在向游客介绍金银木时，也称之为夫妻树。

金银木。

有一天，一位美国来的游客听完讲解员的介绍后，提出这样的疑问：

“难道拥抱在一起的都是夫妻吗？”

以东方的文化来理解，如果不是夫妻怎么会那样亲密地拥抱在一起呢。对于这样的解释美国人却无法接受。我问这位职工，那后来呢？他说，同行的人哄堂大笑，弄得他满脸通红，不知所措。由于金银木奇特的长相，常常会闹出一些笑话来。

培育金银木最大的乐趣就在于它隆冬时节开花，而且花香怡人。金银木是先开花，后长叶。它不是开过一次了事，而是反复地开花。有些金银木从 11 月末一直开到次年的 3 月份。要说夏

金银木花。

天有花开百日的紫薇，那么冬天就数金银木开花的时间最长了。花的颜色有黄有蓝，散发的香味也有浓有淡。在所有树木中似乎开花的时间最长。

金银木和梅花、山茶树、茶树一道，在隆冬季节开出绚丽的花朵。花儿开了又落，落了又开，芳香怡人，沁人肺腑。它散发的香气，是香水无法比拟的。所以，每到冬天，我特别到温室里去闻它的芳香。

可是，每到 3 月份，金银木就很让人担心。有时，一直长得好端端的，却会突然间干枯死掉，原因不得而知。我问过许多行家，可他们都说遇到过同样的情况，却找不出原因，让我百思不得其解，颇伤脑筋。

想来想去，我还是觉得这与它体力消耗过大有关。只能是及时给它摘果、剪掉徒长枝，保持整体的均衡，合理施肥，别无他法。总之，金银木的性格是很难侍候的。

3. 思索之苑之梦

我抱着对树木的无限热爱之情，以及让自然与美景和谐统一的愿望走到了今天。

草木人生的开始

心中的风景

每次别人问我起的故乡，我都回答是济州岛。其实我出生的地方是京畿道龙仁郡水枝面东川里。我之所以这样回答是因为在我的人生中，如果除去“济州”和“草木”，就所剩无几了。

1962 年，我从部队退伍一年后的一天，偶尔听到广播里的一个访谈节目。从济州岛参观回来的大学教授们，在节目中谈他们对济州的感想，谈汉拿山的秀美风光，天帝渊瀑布的壮观，从四季如春的常绿树谈到高山地带的寒带树种。他们在感叹济州岛秀美风光的同时，也谈到了济州岛人贫困的生活情景。他们还说，访问济州岛时最好是带几匹棉布送给当地人，不要空手去。

我在听那档节目的时候想起了一位朋友。他是我在部队时的战友，我们同在内务班生活了三年。他比我大一岁，比我晚几天入伍，分到一块儿后我们很快就成了好朋友。他的故乡在济州岛，而且就在我们思索之苑所在地北济州郡翰京面楮旨里。远离故乡的这位朋友，一有空就向我谈起他的故乡。三年来，他不知向我讲起过多少次。听的次数多了，渐渐的，我对济州岛也产生浓厚的感情，仿佛济州岛也是我的故乡，每当说起它总有一种亲切感，希望有一天能到那里去看一看。

那天听完广播，我决定到济州岛去看望我的朋友。我给他寄了一封信，然后动身前往济州岛。在木浦下车后住了一夜，次日搭乘去济州岛的轮船，经过几个小时的海上航程终于到了济州港。时值初冬，可这里却可以看到许多青翠的常绿树，还有远处的汉拿山，一座座围着小石墙的院落里，长着绿油油的青菜。在这里，我还头一次见到了枝头挂满柑橘的蜜柑树。这里的景色与首尔荒凉的冬季形成鲜明的反差。

然而，朋友居住的楮旨里，人们的生活十分贫困，既不通电又没有自来水。破旧的巴士在一眼望不到头的坑坑洼洼的泥土路上颠簸。

朋友热情地迎接我，陪我到济州的各处走了走。在故乡，我曾想建一个果园，于是开垦了荒地，可是由于一些原因中途放弃了。到这里后，我的脑子里突然闪过在这里种地的念头。济州岛广阔的原野和冬季也能种蔬菜的温暖气候，随处可见的各种树木，让我感到既惊讶又新奇。我深深被济州岛的环境所吸引，彻夜难眠。

我从小就喜欢树木和乡村，离开故乡到首尔读书时，一有空就到近郊的花圃去看。在花圃里看到盆栽后，就深深地被盆栽的魅力所吸引。常常到当时很稀少的盆栽苑里去消磨时光。第一次看到盆栽时，看到小小的盆钵内培植的树木，感到它是那么的美丽而又神奇。每次去盆栽苑时，都按捺不住内心的兴奋。常常想，假如有一天我也能培育树木该多好啊。然而，当时我在首尔的生活还很拮据，对我来说，那个梦想实在是太遥远了。

少年时期，我刚到首尔来上学时，由于生活贫困，寄居在亲戚开办的一个日式食堂里。每天早晨，无论刮风下雨，匆匆吃点剩饭便赶往位于西大门附近的学校去上学。虽然食宿问题解决了，但学杂费要靠自己挣钱去补贴。于是，每天上学的路上，我做一份送报的差事挣学杂费，放学后，在食堂跑前跑后地迎送客人。十二点多钟，当客人都散去之后，才能回到冰凉的榻榻米房间，身上裹着一条小被蜷睡一会儿。在我的印象中，似乎从来没有穿过内衣，袜子只有一双，有时晚上洗了之后，第二天早晨没干就只能光着脚去上学。因此，每年冬天都因严重的冻伤饱受痛苦。那时我常常想，什么时候才能不愁学费，不愁吃穿呢？尽管我勒紧裤腰带，省吃俭用，却依然交不起学杂费，高二时不得不中途辍学去当兵。几年前，我收到了母校颁发的高中名誉毕业证书，心中不禁感慨万千。

1962年，当年我从部队复员时，对盆栽的梦想同样是十分遥远的。因为那时还不知道如何来糊口。

我暂时把在济州岛种树的念头放在了脑后。那年的冬天是在首尔度过的。不久后，我经人介绍，在首尔的南大门自由市场租了别人的半个露天摊床做生意，经营几种服装产品。由于头一次做生意，总觉得有些不好意思，客人问多少钱一件，还不好意思喊价，总是旁边摊床的大婶们帮着我卖。这样大概过了一年半，腰包里便渐渐有了点积蓄。

虽然在这里生意还不错，但我觉得这毕竟不是长久之计，于是决定开一个男士衬衫专卖店。为此，我经常购买男士衬衫进行研究，还通过朋友介绍到衬衫厂去参观学习。正当我在首尔的生活一片忙碌的时候，济州岛的朋友给我写来一封信，问我是否想购买一座面积 1500 坪的桔园。我心想，就算为我的未来投资吧，便拿出全部积蓄买下了那片地。这是我在楮旨里购买的第一块地。

农夫生涯的开始

在我起早贪黑的努力下，生意逐渐稳定下来，有了属于自己的小店铺。1967 年，位于大韩剧场前面的衬衫专卖店开业了。可是，由于服装行业不景气，生意远不如我想象的那么好。这时，有个朋友告诉我，武桥洞的商业街有个房子要改建成门市房，他建议我把店铺挪到那里去。我接受了他的建议，虽然资金上遇到一些困难，但总算顺利地把店铺搬了过去。

武桥洞商业街位于市中心，一开始生意也是不太好做，不过，在我的勤奋努力下，生意逐渐好起来，光临的顾客不断增多。我的经营口号是“宁愿少做一件，也要保证质量”。我买来各国的名牌产品，与我们的产品做比较，找差距。为了分析名牌衬衫的工艺，我拿着放大镜数在 1 厘米的距离里有几个针眼，然后按着这个标准缝制。为了保证棉布和丝绸不缩水，裁剪之前全部进行水洗。缝纫机、布料、纽扣、衬了、线等用的都是最好的。每天一大早就到东大门市场去选购布料，从不耽误交付的日期，加班加点是常有的事情。

我坚信，再难侍候的顾客，只要你竭尽全力去满足他，那日后必定会成为永久的回头客。对职工我总是强调，卖得少不要紧，关键是为顾客提供热情周到的服务。我还把每一位顾客的尺寸记录在案，制作了顾客卡，顾客即使不到店里，也可以定做衬衫。由于对各种体形的顾客做了分类，使顾客卡一目了然，即使过了几年之后来找也能找到。由于用心经营，衬衫店生意日益兴隆。特别是驻韩的外国顾客光顾得比较多。一些驻韩的外国人，由于特殊尺寸，只能到名牌服装店定做或回到国内购买，后来他们都成了我的常客。美国的福特总统、尼克松总统访韩时的随行人员和警卫员也曾到我们店里定做衬衫。

那时，我们的工厂一天 24 小时马不停蹄地赶制衬衫。当时在国外，定做一件衬衫也需要 20~30 天的时间。所以，许多国家的进口商或出差到韩国的外国人，放下行李后先到我们店里来报到。那时，有 60% 的顾客是外国人。在成品衬衫不合身的外国人当中，我们的衬衫是很受青睐的。

由于生意兴隆，我在朝鲜饭店前面和几条繁华街上都设立了

1963 年 11 月 29 日，第一次访问济州岛返回时，手拿蜜柑在码头留念。

衬衫厂常客，驻韩美 8 军司令官 G·斯蒂文将军。

专卖店和代销点。1970 年，为了建一座出口衬衫加工厂，我在半月工团附近买了建厂房的地皮。

那时我一边经营衬衫厂，一边来往于济州岛。接到朋友的信后，我看也没看就购买了桔园，后来又到济州去看地，很想把周边的地也都买下来。因为只靠 1500 坪的蜜柑园是无法建农场的。我决定寻找一个更广阔的地方。后来，在朋友的建议下决定购买现在思索之苑的这块地皮，与蜜桔园进行交换。虽然这是一片荒废的土地，但是建农场，种树木的念头，让我毫不犹豫地买下了这块地。此后，每次有了一笔大的收入，我就购买一些附近的土地。由于是成片购买，其中既有耕地，又有布满荆棘的荒地，还有林地。购买了好几片地，形成了现在的思索之苑，其间我数次往返于济州岛。起初是一个月来一次，开垦土地、砌墙、用圆木做门。后来，渐渐地开始到西归浦等地购进造景用树木。

我选择楮旨里是因为这里虽然十分落后，但这里的气候适宜

在现在的苑址里，我产生实现梦想的信心。那时人们劝我：“这里即使过了一百年也不会有什么发展，还是趁早到别的地方去发展吧。”当时我回答：“等着瞧吧，我会把这里变成比济州市或西归浦更美的地方。”

种树。翻开济州岛的地图，我发现以西部广阔的平原为中心，冬季最低气温也不超过零下2—3度，通常没有预告的风很少，许多台风都绕过这里，也受不到海水的袭击。

随着购地面积的增多，来济州岛的次数也多了起来，每个月都得来两次，与当地农工一起着手开垦荒地。可是，由于这个地方石头实在太多，开垦起来困难重重。当时，由于没有现在的这些重型设备，只能用铁锤砸石头。在地里，挖出了数不清的石头，我借了一辆用吉普车发动机改造的四轮工具车往外拉石头。由于这个车能在窄路和陡路上行驶，是当时农场搬运石头不可多得的好工具。就这样，我为了开垦这片石头地，有时一两个月不回首尔一趟。还不时到济州岛各处购买山茶树等庭园树和椰子苗木、蜜柑树等种在庭园里，还购买了20多麻袋苏铁籽种在地里。开始把多年来一直埋藏在心底的“培育盆栽的希望与设想”付诸实践，在农场的一角培育起了盆栽，购进松树、枷罗木、毛叶石楠、榆树等移植到盆钵里。

虽然我对盆栽情有独钟，但对盆栽可谓一窍不通，只能是一边实践一边学习。我经常是通宵达旦地阅读有关盆栽的书籍，拜访行家咨询疑难问题，还请他们到农场来亲自修剪树木。每次我都格外留心地看行家们是如何养护树木的，然后照着他们的样子去做。渐渐的，我对盆栽似乎入了门，每次有了收获的时候，我都仿佛看到了一片新天地。

当我在济州岛沉浸在挖石种树的快乐中时，妻子却在首尔独自挑起我在首尔的一切重担。我去济州岛的次数增多了，停留时

那时没有拖拉机，以吉普车发动机改造的四轮驱动车拉石头。

思索之苑的第一个大门。

间也越来越长，但她从没有一句怨言，只是在我的背后默默地守望着我所做的一切。

有一次，朋友们到济州岛来旅行时，看到我正挥汗如雨地拉石头的样子，回去后便对妻子说："你丈夫精神好像有些异常，快带他到精神病院去看一看吧。"大概在他们看来，我放着生意兴隆的工厂和店铺不管，到这里开荒有点不正常吧。

那时，当地的居民们也说我是"疯子"。我的身后常常传来这样的声音"树木能当饭吃吗？"、"只认石头和树木的疯子"。说我是疯子我倒不在乎，但是最要命的是由于每天干粗活身体吃不消，总是伤痕累累的，不是伤了手腕就是肩膀。有些人从济州市和西归浦专程来奉劝我说："这里即使过了一百年也不会有什么发展，你在这荒山里干什么傻事啊，还是趁早到别的地方发展去吧。"当时我回答："等着瞧吧，我会把这里变成比济州市或西归浦更加美丽的地方。"

户口迁到济州岛

1974 年，我干脆把户口迁到了济州岛。当时虽然在首尔做衬衫做出了名堂，但我并不留恋首尔的成功。我的眼里只有一天天成长的树木和逐渐被绿色覆盖的农场。农场里的蜜柑开始结出了果实，塑料大棚里生长着无数的苏铁苗木，椰子树苗也在茁壮成长，培育盆栽的乐趣也在一天天增加。我四处租地购地种植观叶植物。尽管不懂种植的方法和销售的方法，但我就是感觉会有效益，也觉得有观赏价值。过了一些年头之后，一些商人开始从四面八方前来这里购树。观叶植物非常受欢迎，简直供不应求。

妻子有时抽空到济州来看我，总是带着一脸的倦意。乘坐两个多小时的涡轮螺旋桨飞机不是一般的辛苦，加上到楮旨里的这段路全是泥土路，一路颠簸深夜才会到达这里。那时，我好像没对妻子说过一句感激的话，只是忙着接过妻子带来的东西看。妻子带来的次品衬衫，成了我和职工们日常穿的好衣服，每次还会带来好多袜子。特别是饼干和糖果在这里都是稀罕物，成为我们最好的零食。妻子带来的东西中，还有掩制的小鱼、晒干的山菜、大酱、辣椒酱以及酒精、抗生素和各种常备药品。总之，妻子带来的东西就是我的百宝箱。

为了使农场尽快投入运营，需要做一些能够创收的事情。当时我听从父亲和大哥的建议，在农场的一侧建起畜舍，饲养猪和牛。几年后，猪和牛的存栏数翻了好几番。我把它们都送给了希望

独立经营的哥哥，自己从头再来。几年下来，牲畜又增加了不少。

可是，我似乎与牲畜无缘，不想再继续饲养了，于是决心处理畜舍，把近 3 千头猪和牛全都卖了出去，然后用这笔钱到陆地购进了盆栽素材栽到地里。盛夏，我坐在麻袋上面，修剪树枝或蟠扎树木。常常遭遇蚊子的群起攻击，被叮得全身火辣辣的疼。有时，一坐就是大半天。很多人都认为树木生长缓慢，其实没有比树木长得更快的了。生长旺盛的时候，几天之内就疯长，如果不及时摘叶、蟠扎就不会形成好的盆栽木。

随着盆栽树木的增多，要干的事情也多了起来。春天冒出新芽时，要让树枝长得长一些，使之变粗，可由于风大，树枝很容易被折断。所以，要立起木杆，把每个枝条都给捆上。及时浇水和施肥是十分重要的。要根据不同的树木，及时预防病虫害，绝不能麻痹大意，因为稍不留意，树木就会干枯。像毛叶石楠、藤树等树木，如果夏天在烈日下缺水，很快就会干枯。紫薇、苹果树、梨树等，与别的树木相比病虫害较多，每天都要细心观察，如果不及早发现，就会扩散到整个树木。

尽管十分留意，但我还是失去了几株特别爱惜的树木。从陆地购进的大型松树盆栽素材，起初因为树木太大，就把它栽在大木箱里，准备过一两年之后再移植到盆钵里。可是，没想如此珍贵的树木移植到盆钵里之后就死掉了。原来是管理环节上出了问题，本来应把它放在温室里保护起来，可是由于当时正开垦农场，尚未建起合适的温室。这些树木都是我口袋里有钱时，特意到陆地精心选购来的。每次看到心爱的树木死掉，我都十分伤心和沮丧。有时，到陆地看到好的树桩却因囊中羞涩空手而归，回来后常常是彻夜难眠。望着天花板，仿佛看到那株树木向我走来，心里怦怦乱跳，于是自言自语：说什么也要把树买来……

为了种好树木，必须加快农场建设。我一大早就起来挖石头，砌石墙，种树籽，检查枷罗木、椰子树、苏铁、棕榈树等观叶植物苗木，修剪盆栽木，经营桔园。可是，在这片乱石地上，石头挖之不尽。我和工人们用铁锤子砸碎石头，几名妇女用口袋把它们装起来，然后再用借来的“颠颠儿”车把它们搬走，实在无法加快速度。就是连续干上几天，也顶多能采出两坪石头。

有一次，干活的时候，我突然觉得后脖梗拧了一下，到了晚上疼痛难忍。我给在首尔的妻子打了电话，可半夜她不可能赶来。痛得我一夜在房间里打滚，哇哇大哭。第二天，我好不容易坚持到市里的医院做了检查，他们说这是椎间盘突出，得到大医

开园前情景。

院动手术。

为了坐飞机，我在医院打了镇痛剂后去了机场。可是，也许药量过大，竟然睡过了头，醒来的时候，我要坐的那趟飞机早已起飞了，而后疼痛再次袭来。我只好再次去医院，对医生说："这次打一针药量轻一些的。"可是这次没等坐飞机疼痛就开始了。无奈，只好忍着疼痛上了飞机，在飞机上疼得差点没晕过去。我无法支撑自己的身体，泪水只能往肚子里咽。看到我痛苦的样子，坐在旁边的一个年轻人说自己是医大学生，给我采取了应急措施。他让我侧过身去，用拳头用力锤胫部。也许这个办法起了一点作用，疼痛减轻了一些。一路上多亏那位年轻人的关照，现在回过头来想真是天助我也。可当时，由于剧烈的疼痛，也没能好好谢谢人家。就这样，一路折腾着到达了金浦机场，焦急等在这里的妻子立即把我送到了医院。我根据医生和妻子的建议，没有手术，而是选择以韩医处方进行治疗，在医院进行了 50 多天药物和针灸治疗。

1980 年，我出院后回到农场不久，妻子把孩子们留在首尔，随我来到了济州岛。回忆当年的情景时，妻子常说："那时，每天刚收拾完早饭用过的碗筷，又到了准备中午饭的时间，吃完中午饭又要准备间食，接下来又到了做晚饭的时间。"那时，开垦还没结束，每天都得砌石墙。由于农场规模大，农场里包括固定工人在内，每天都有 10～20 人干活。妻子戏称自己是"做饭的"，"送茶的"。"做饭的"就是指每天给工人做饭，"送茶的"当然就是中间要给工人们送茶水。在农场里锄草的大娘大婶们每天都要喝一杯"咖啡茶"，而且冲得要像咖啡店里的咖啡一样浓。此外，由于农场渐渐有了名气，经常有人来看一看，瞧一瞧，所以，每天还要为慕名前来参观者招待咖啡。

那时，由于活多人少，妻子每天还得到农场帮忙。就这样，妻子农场、家里两头忙碌，身体日渐虚弱，病倒了好几次。妻子对大麦和大酱过敏，可那时，家里的主食就是大麦和大酱，所以她经常饿着肚子干活，身体自然吃不消。如果只是家里人吃饭还可以给她开小灶，可那时每天家里都要给干活的人做饭，不可能照顾到她。

每到放假的时候，在首尔读书的儿子和女儿便到农场来。口渴了，他们打开接雨水用的水泥储水罐盖子，看到里面的蚯蚓和长蛆吓得哇哇大叫。可那时，由于人手紧缺，孩子们也得干活。我让儿子和女儿往口袋里装石头，孩子们二话不说，认真的在地里捡石头。多年来，孩子们一直远离父母在首尔读书，独自度过了青春期，考上了大学。如今他们来到我的身边，与我一起建设这座思索之苑，我心里说不出的自豪和欣慰，同时，又因没能很好地尽到父母的责任而感到深深的自责。

人的极限与妻子的力量

忙碌了几年之后，妻子近乎哀求地对我说：

“老伴，你就放了我和孩子们吧。我到首尔经营衬衫厂挣了钱，你就花钱雇人干吧……”

我理解妻子的苦衷。她每天要给很多树木浇水，每天浇 2—3 次水需要 5—6 个小时。每天要为十多名工人和家里的七八口人做三餐和两次间食，而且每次做饭都要升火，艰难是可想而知的。每天还要为前来参观的人烧茶递水。那时，农场饲养了两三千头猪，有时，一天晚上就要为十多头母猪接生。一头母猪少则生 10 头，多时生 16 头。为这些小生命剪下脐带，擦净身上的血迹，拔去两边的尖牙，喂初乳，收拾好圈子就到了凌晨，一天下来筋疲力尽。妻子每天早晨都哭着祈祷：“请上帝赐予我能够坚持今天工作的力量吧。”妻子的能量已经到了极限。

她大概担心自己倒下来无人照顾孩子们吧。其实我心里也很担心，妻子这样里里外外忙碌，也许哪一天锄草的时候真就会倒下。面对妻子的恳求，我无言以对。同时，想到独自在首尔读书的孩子们，我没有理由阻止妻子。

我没有劝她留下，她也明白我的心思，默默地做着回首尔的准备。妻子要离开的那天早晨，还在做着一些自己能做的事情。她连早饭也没吃就到地里锄草。到了中午，她和往常一样，为工人们准备午饭，吃完午饭又继续锄草。我不想看到妻子离开的身影，于是到离家较远的地方去砌石墙。妻子锄草，我砌石墙，不知怎么，我觉得这一天过得慢极了。傍晚，看到正在厨房做晚饭的妻子，我却怎么也开不了口问她为何不走。从此以后，妻子再也没说过要离开这里。

我不知道应该如何形容那天妻子留下来的喜悦。在此之前，我似乎还没有好好想过妻子对我有多么重要，没有想过她的力量是多么的巨大。

那天晚上。妻子拿着一首诗出现在我的面前。她流着泪吟诵起来。她说，临走前，她走进厨房想最后一次收拾一下再走，可是刚到水缸边眼前一黑就昏倒在地。不知过了多久，她从昏迷中醒来，脑子里浮现出一首诗，她拾起身边的一个饲料袋记在上面。我想诗人是不是在身体达到极限时才会涌出诗篇。

妻子不是专业诗人，写诗的水平不会很高，但诗中表达了她不能抛弃我和思索之苑的决心。我想，这是妻子从今往后要与我同甘共苦，不离开青原农场的誓言。于是在思索之苑的角落里立了一个小小诗碑，以此来回报她多年来对我的爱与支持，感谢她与我共度盆栽人生。

虽然不是华丽的诗篇，但我还是想把它献给大家。

永 主 苑

在地球村一个小小的地方
有一个坚强的，智慧的民族
有一块上天恩赐的土地韩国
在这块土地的最南端
有一个迷人的和平之岛
无论走到哪里，都会感受它的美丽

在远离西海岸的中部山区
有一片杂草丛生的乱石地
约束亚和伽勒
顺从上帝的旨意
辛勤耕耘着这块恩惠的土地
庭园里流淌着乳汁和蜂蜜
这是一个充满艺术的生命体
盆栽、庭园树、亚热带植物、石、水
营造出自然的和谐统一
这片神奇的土地在召唤

妻子年轻时是做护士工作的，可她很有管理方面的才能。当我在济州岛疯狂地迷上树木时，她独自一个人带着两个孩子在首尔经营一家服装厂。她生性开朗，勤奋能干，一个人能干几个人的活儿。我爱树如痴，可她却只因是我成范永的妻子，便不得不放弃繁华的都市生活，随我来到这个偏僻的地方，与我一起开始了艰难的草木人生。当时，由于这里尚未开发，生活上有诸多不便。

不久后，我决定放弃面积达5千多坪的蜜柑农场。经营农场很辛苦，可是相比之下收入却不多，我觉得这不是一件容易的事情。与此同时，当时，济州岛正不断扩大蜜柑种植面积，我估计，不久之后定会出现供过于求的局面。可是20世纪80年代初，人们普遍认为蜜柑生产前景乐观。所以周围人都非常反对。虽然已经制定了计划，可由于父亲的强烈反对，暂时未能付诸实施。后来，我借父亲暂时去首尔之机，把蜜柑树全部给拔掉了。父亲回来之后看到这个情景十分恼怒，重新回到陆地。周围的人都说我是“疯子”，这是济州岛头一起拔掉成年蜜柑树事件。后来，西归浦来人劝我从事香蕉种植业，说可以获得高效益。我婉言谢绝了，从今以后我决心只种我喜爱的树木。

妻子安下心来做我的后盾之后，我开始到全国各地选购盆栽木和庭园树。其实只要拿一把镐头到汉拿山去，就可以搞到许多数百年生的老树桩。可我辛辛苦苦走遍全国各地寻找好树桩，就是觉得培植树木要有诚意，其过程也应该是纯粹的。至今我只登过一次汉拿山山顶，汉拿山上真的有许多好树，我担心一向爱树如命的我，要是常去汉拿山，也许不知不觉就会产生贪念，把树采掘回来。我在到处寻找盆栽素材的同时，在砍掉蜜柑的地方建起塑料大棚，开始大量栽种椰子、棕榈树、苏铁等观叶树。

我在南济州岛新兴 2 里购地种植植物，在济州市也租地种植了苏铁。由于间隔太远，只能雇村里的妇女们锄草。我用车拉着她们从这块地到那块地，每天忙得团团转。农场的单面墙拆除之后，开始重新砌双面石墙。砌双面石墙用了近三年的时间，平均每天都工作 12~16 个小时。

白天忙着做农场的事情，晚上则在灯下制作盆栽。我把以前的猪舍改建成温室，把翻盆换土的盆栽搬到里面。每天晚上，我都到温室去，用喷壶浇水，检查一下树木状态，然后才能放心睡觉。有时，参加村里的红白喜事回来得晚一些，可不管回来的多晚也要拿着手电筒到农场各处去走走，对所有树木都进行一一检查之后才能放下心来。

过了一定的时间之后，观叶树木长大了，开始有商人前来购买。当时，用于盆花和插花的苏铁很受人们青睐。经商者大都来购买苏铁。椰子树也长大了，开始有人前来购买，用作造景树。观叶植物和亚热带植物的销路也十分看好。每当有了一笔收入，我就要购进各种盆栽素材。

然而，要想获得一个喜爱的盆栽素材却很不容易。有时，遇到一个好的盆栽素材可口袋里没钱，而有钱的时候却遇不到好的。在济州岛买地建农场的时候，我只是想在 1 万坪左右的地里盖一个舒适的房子，再建一个 2 千坪左右的庭园，培植盆栽和树木。可是，随着时间的流逝，养猪和种蜜柑、苏铁、棕榈、椰子等等的收入，全都投入到的培育盆栽和庭园树上，最终盆栽成为我的主业。

这些年来，在经营农场的过程中，我向村里的农民会馆赠送了椅子，为贫困的学生设立了奖学金，支援楮清中学和面事务所的庭园绿化工程。半夜村里有人生病了，我就开着拖拉机送到镇或济州市的医院。1981 年，我在首尔永乐教会和济州永乐教会的帮助下，自筹资金建起了楮清中央教会，还与当地有识之士一道成立了楮清信用协同组合。我一直希望自己能成为济州岛人。现在，我终于当了从小就梦想的农夫。

赌注一生的梦想

梦想建造一个济州岛式的庭园

1987 年初，翰京面的面长金泰兴找到我说：“咱们面里没有一个能拿得出手的旅游景点，能否把这些年来培育的盆栽拿出来，开一个旅游农场。”我望着覆盖着一层白雪的农场，只是默默地听他讲，心里却不想答应这件事。首先我不知别人会怎么看我培育的盆栽，心里没有底儿。其次是听说在我国和日本，有几位财力雄厚的经营者曾筹备开盆栽公园，但都半途而废了。

几天后，我到面事务所表明了自己的态度。我说：

“我们的农场地理位置闭塞，而且位于中山区，游客们不可能光临此地，怎么能在这里建旅游景点呢？”

然而，行政机关的劝说并没有停止。后来，北济州郡守任在浩亲自来说服我。还有一次，济州道知事洪永基到这里来考察时，有些担心地说：“楮旨与济州市和西归浦市都离得太远，而且交通不便，经营起来可能不太容易呀。”当时我回答说：“知事，即使是险峻的汉拿山山谷，如果花儿芳香，那么就一定会吸引蜜蜂来采蜜的。”洪永基知事只是笑了笑没有回答。此后，过了一段时间，两位从道政府里来的人找到我说，道政府准备给我换一块两三万坪的地皮，建议我把农场挪到那里去建设旅游区，问我意下如何。我婉言谢绝了。不是我不懂得人情世故。如果在距济州市较近的地方给我换一块地皮，地皮很快就会涨价，游客也会增多，对经营非常有利。可是，20多年来，我已经对这里产生了深厚的感情，不想离开这里的居民们，还有劝我在这里建设盆栽公园的面长。也许他们心里都会笑我是一个大傻瓜。

此后的一段时间，我一心想着要在这里建设一个能够展示盆栽的公园。

于是，我把为建厂房在半月工团附件购置的1万多坪地皮，在首尔江南购置的宅地，还有在首尔生意兴隆的店铺也都卖了。

我寻找有关盆栽的材料，读有关盆栽的书籍，踏遍全国各地寻找新的树木，还到盆栽艺术先进的日本参观学习。但是，建盆栽公园心里还是顾虑重重。“应该如何建设盆栽公园？缺乏经验的我能否建起这个公园？”有段时间我非常苦恼。

日本在青瓦白墙前展示盆栽。雪白的墙壁，葱绿的树木，既突出了树木，又会让观赏者赏心悦目。但我不想模仿人家。“如何才能建造一个具有韩国古典风情的庭园呢？”我向很多人请教这个问题，还向有关专家进行了咨询。其中有一位专家给我大略画了这里的山峰图。

济州岛是火山爆发后形成的火山岛。因而济州岛的自然环境都与火山爆发有着直接的关系。曾是最大喷火口的汉拿山白潭，还有周围的溶岩平原、覆盖着火山灰土的土地和多孔质的玄武岩，由此引起的平时无水的干川、海边的断崖，还有无数的寄生火山都是如此。如果除去这些奇特的地形，济州岛也就不称之为济州岛了。

济州岛的暖带性气候和西北季风形成了这里变化无常的天气。以汉拿山为起点，南面的西归浦和北面的济州市是完全不同的两个冬天。由于汉拿山挡住了从北面吹来的冬季寒风，使西归浦的冬季比较暖和，即使下了雪也很快就会融化。

即使不是冬季的寒风，这里一年四季也是风大雨多，其中最有威胁的就是台风。台风反倒常常从南面开始刮起，从大韩海峡出去。济州岛这种与内陆地区完全不同的地理和气候，使这里生长着许多亚热带植物和常绿叶树木，汉拿山高山地带还有许多针叶树林，树木品种繁多。

我接受那位专家的建议，决定突出济州岛岳多峰多的特点，因地制宜建造庭园。济州岛的阳光和风，济州岛的自然与济州岛人的生活都与这里的地形有着密不可分的关系，那么济州岛培育的树木盆栽就应该展示在能够代表济州岛的地形上。

没有蓝图的庭园

细细想来，我觉得我的性格既有像父母的一面，又有点像我的祖母。祖母性格开朗，做事总是站得高看得远。而母亲是个干净利索的家庭妇女，每天我都看到她在不停地擦呀扫呀的，不是刷墙就是拾来石块，修建花坛，在院墙前面种上南瓜和花草。自从培育盆栽以来，我也像母亲那样，每天重复做着这样的事情。父亲耳朵特别大，长相英俊，性格豪放。他好酒，好赌，把家里的土地和牲畜都输光了，可第二年还会重新买回来，有点英雄豪杰的气概。在那个年代，他竟然得到政府批准雇人到山上砍来树木，劈成烧柴卖，很有点经济头脑。我喜欢做这做那，大概就是继承了父亲的这一性格吧。

我没有学过有关盆栽和庭园的专业知识，也没有设计什么蓝图，只是在倾听有关专家建议的前提下，脑子里才浮现出具有韩国和济州岛特色的思索之苑的轮廓。

打定主意后，我从 1989 年春天开始移植庭园树。把种在如今食堂位置上的各种椰子树、加那利棕榈树和分别种在几个塑料大棚里的苏铁、棕榈，还有庭园里随处可见的山茶树、桧柏、樟树、紫薇、山杜英等都集中到一块进行移植，其余的移到别的地里。就这样把分散在农场各处的树木进行移植花了整整一年的时间。1990 年 4 月，获得建设旅游农场的许可，开始了艰难工程。

最先开始的莲池工程可谓工程中难上加难的工程。挖池塘就用了 40 天的时间。动用了大型的挖掘机，由于这里本来石头就多，拖延了不少时间。首先要铺设下水管道，然后填充石碴，铺上钢筋打上水泥，然后要做防水处理，再在上面铺上石块。在进行莲池工程的同时，开始砌石墙，此外，建造假山工程也同时进行。在下面垒起一定程度的石头后，在上面覆盖 1~2 米泥土。每天泥土和石头不停地挖出地面。由于假山是依照济州岛的地形建造的，有时建完之后又觉得不太称心，于是又用挖掘机把石头全都挖出来，建在另一个地方。这样一来，覆盖在石头上面的泥土就没影了，挖石头的时候，泥土都进到里面，只好还得到别的地方运来泥土覆盖到上面。在济州岛泥土可是稀罕物，很不容易弄到。

挖掘机和翻斗车以及各种重型设备在工地上进进出出，每天有 30~40 名工人在工地里干活，砌石门、石墙工程，庭园造景工程，食堂和售票处的土木工程，建瀑布和莲池的工程等都在同时进行。工程从一开始就是拿着一张草图开始的，所以每天凌晨到施工现场去转一圈，然后再设想另一个工程。

但有时不得不离开工地。因为我得到陆地去购进济州岛里没有的庭园树和庭园石。搬运庭园树和庭园石需要动用起重设备，用大型车辆装载后运到货轮上，然后再从货轮上搬运到施工现场。其实搬运的辛苦倒没有什么，最令人沮丧的是千辛万苦移植

在思索之苑内建起的第一座房屋，后来扩建并在此居住。

的树木死去。往往我不在现场时，工人们把庭园树种到毫不相干的地方，或把庭园石随便立在不合适的地方，这样一来，就得把它们全都挖出来，重新寻找最佳位置。所以，我放心不下工地，但有时却不得不离开。

进入冬季后，翻盆换土成为首要问题。白天一直待在工地抽不出时间，只好利用晚上的时间，驱赶着不时袭来的睡意为几十盆盆栽换盆翻土。有时，坐在地上就睡着了。翻盆换土后放在温室里的盆栽一定要加强管理，但是由于工人们不懂盆栽，换盆后管理不善，致使一些珍贵的树木死去。多年来我精心养护、视若珍宝的树木，却由于管理不当而死掉。这些盆栽都是为盆栽庭园的开园而准备的呀……失去了几株我十分珍爱的树木后，我几乎要崩溃了。

夏天台风来临时，因为放置盆栽的温室不足而操心，每天坐卧不安，担心台风会把移植的树木连根拔起。开园的日子临近了，购置盆钵也遇到了不少困难。我们思索之苑里大型盆栽特别多，由于买不到合适的盆钵，有些盆栽木无法上盆。只好从日本用集装箱购进盆钵。

由于时间紧工作量多，我经常要加班加点、昼夜不分地干活，同时还要与困倦做斗争。在施工现场监督时，经常打瞌睡。有一次，农村振兴院邀请我去讲课，因为要做的事情实在太多，我拒绝了，可是他们三番五次地邀请我，无奈我带着一脸倦意前去讲课。回来的路上，睡意不可阻挡地袭来，我迷迷糊糊地开着车，结果车翻进了路边一米多深的沟里，我的车虽然面目全非改园后扩建的正门。思索之苑几经磨难，终于战胜困难，起死回生。望着庭园中那些郁郁葱葱的植物，每每想起那些在我最困难的时候关心帮助过我的人们和上帝，我时常心存感谢。

了，所幸只有一个手指骨折。

然而，对我来说肉体的疲惫算不了什么，最让我感到精疲力竭的是各种繁杂的审批手续。工程开工以来，问题接踵而来。当初以二层楼设计的食堂建筑，由于高度的限制，设计改为一层；旅游农场的许可已经批下来了，可是土地使用变更手续却迟迟办不下来；而金融机关在资产评估时，说每坪只估价 1 万韩元。各种困难和麻烦不断，有时我真的感到力不从心，觉得自己这是拿着鸡蛋去碰石头。

自从工程开始以来，妻子每天拿着各种材料到银行、建筑设计等相关机关办理各项审批手续。有一天，一向刚强的妻子竟然哭着回来。原来因食堂设计有误，相关机关的公务员竟把有关材料摔到妻子的身上。穿着 T 恤和牛仔裤东奔西走的妻子，在行政机关的刁难前受到莫大的人身污辱。就这样，在施工现场以外发生的许多事情，让我和家人感到十分吃力。每到这时，我都怀疑自己的决策是否正确，甚至有些后悔自己的选择。我常常想：“我为什么非要去做这件事情？这不是自讨苦吃吗……干脆回到首尔与家人一起过平安幸福的生活？”这些想法常常让我叹息。

不过，自开工以来，有不少人关心盆栽庭园的建设，从各方面给予积极支持与帮助。每当遇到困难的时候，总是有一些行政机关的公务员为我着急，想方设法帮我解决困难，给了我极大的力量和信心。正是因为有了这些好心人，我才能把这项工程坚持下来。

金融风暴来袭

开园后工程在持续

虽然进行了三年夜以继日的奋斗，但由于一些困难工程，开园时间一拖再拖。当时北济州郡要求在一年的完成工程，尽快开园。无奈 1992 年 7 月 30 日，在尚未完成的情况下，以盆栽艺术苑的名称开园了。可是由于时间紧，工程完工率仅为 25%。因此，开园后工程还在持续进行。

庆幸的是开园后，在国内外反响很大，不断有国内外知名人士访问这里。特别是 1995 年，中国主席江泽民到此访问。此后，国内外的许多媒体介绍我们思索之苑是“世界唯一的盆栽庭园”。由此，每年游客数递增 30~40%。每天在食堂里用餐的游客就达 400~500 名，多的时候达到 800~1200 人。准备的餐具常常不够用，每到这个时候，我也围着围裙到厨房刷碗。我经常是上午在外砌石墙，中午到食堂帮忙，干到下午 1~2 点钟后，再去干别的活。

游客的不断增多让我逐渐产生了自信，投入更多的资金进行扩建工程，继续砌石墙，增建石门，并从全国各地购进各种造景树移植到苑里。我想尽快弥补庭园环境的不足，不惜代价投入资金加以建设。可是，从 1997 年起，逐渐面临危机。随着金融风波席卷东南亚经济，游客数量明显减少。1998 年 10 月，我接到了银行的拍卖通告，因为投资额中不到 10% 的负债。

我先后到好几家银行申请贷款都遭到拒绝，因为我能抵押的不是土地或房屋，而是植物，也就是像盆栽这样的生体物。价格鉴定评估院也表示无法对盆栽进行鉴定估价。这里的土地和建筑，以及几十年来精心养护的庭园树木只能以荒地等级论处。有关部门根本不考虑三年来我付出巨大努力进行的土木工程和人工池塘和瀑布、造景树等观光资源的价值。

第一次拍卖未成后，又发出了第二次拍卖的公告。不少人想趁机以低价购买思索之苑。一些人为了中标用录像机来拍摄庭园，还有几个我平时非常信任的人，竟然当起了他们的掮客。我一次次地到银行申请融资，可一次次地遭到拒绝。我心急火燎，夜不能寐。曾经那么信任的人竟然当起别人的掮客，我悲从中来，感到自己已是回天无术了。于是暗下决心不见任何人，放弃所有的杂念，专心干着自己该干的活儿。

我开始重新砌石墙。

有一天，我正在砌石墙，一向交情不错的济州大学国文系的尹石山教授来找我。他在石墙下冲我问道：

“干什么呢？问题都解决了吗？”

我笑着说：

“还没有呢。”

“那你砌石墙干什么？”

“没办法，冬天马上就到了，如果不把墙垒高一点，树木就会受冻伤……”

拍卖之后，这些树木也许就换了主人，各奔东西，可是我总不能看着它们在寒风中挨冻不管啊。

尹石山教授难过地望着我。

我比任何时候都专心致志地砌着石墙，而且每天早晨都在祈祷，希望上帝能保佑我继续从事我所喜爱的事业，不去抱怨别人。要拍卖的那天，我没有到现场，而是继续砌我的石墙。我想即使我离开这里，但垒高的石墙，对树木会起到很好的保护作用。我把全部心思都用在砌石墙上，杂念自然就消除了。

当时默默地站在我身后的还是妻子。那时，思索之苑已经决定拍卖了，孩子们似乎也感到非常紧张和不安。他们问妈妈以后该怎么生活，妻子回答说：

“没什么，妈妈在济州岛的某个胡同里租一个房子，开一个排骨汤店，生活没问题。一切从头再来嘛，妈妈能行，你们别担心，我们一起给爸爸加油。一切都会好起来的。”

那时妻子的话，成为濒临破产的我们一家人巨大的精神动力。

过了一段时间后，媒体开始关注思索之苑，陆续报道我们目前面临的处境。济州的广播和报纸、MBC 广播电视台的节目等都报道我们所面临的危机。报道播出后，引起社会的广泛关注。有几位一向关心思索之苑的社会知名人士向我伸出了援助之手。有的人问我的账号，有的人打电话安慰我。一位烟草人参公司的负责人对我说：“思索之苑不是个人的财产，而是我们国家的文化遗产。”他表示尽自己所能给予援助。济州岛的一位岛民在电话里哭着说:“思索之苑千万不能落入别人的手里啊。”这些好心人的关心与鼓励,给我了极大信心和勇气。报纸上甚至呼吁“挽救思索之苑。”

尽管面临巨大的困境,但无论春夏秋冬,刮风下雨,我从来没有停止过工作。每天不是砌石墙,就是修剪盆栽。2000 年 2 月 4 日,我的腰部再次受伤。我疼得一个晚上打滚,大年初一的早晨被送到医院急救室。可由于手术日程的安排,我只能连续一周靠打镇痛剂忍受着疼痛。脊柱手术后,我在医院一躺就是 50 多天。这是创建思索之苑以来的第六次负伤住院。

尽管对外保密,但不知怎么知道的,还是不断有人送来鲜花,打电话问候。还有一些人,特意乘飞机前来济州岛慰问。道知事也送来了花篮。对他们的关心我平生难以忘怀。

有一位平时经常光顾这里的老大哥对我说:“这里是国内人民喜爱的地方,怎么能落入别人的手里。”他在我最困难的时候,给了我希望。可是后来,又因其他原因,我遭遇到自己无法承受的困难,再次面临死神的门槛儿。

我冷静下来,默默地向上帝祈祷,思索着我今后该走的道路。就这样,天亮后,我又不由自主地走到石堆儿前,拿起铁锤打磨石块,开始砌石墙。

我一刻不停地工作着,一点一点地改变着庭园的面貌,为了建造一个更加美丽的庭园投入自己的全部身心。我把一切交给上天,夜以继日地与石头打交道。

结果是,尽管路途漫漫,但我逐渐摆脱低谷,见到了一丝曙光。来自世界各地的许多游人称赞我们庭园是“beautiful!”，“wonderful!”，“美丽的庭园”。我打心眼里感激他们。还有些游客说，他们至今走了世界许多好地方，但这里是他们见到的最美丽的庭园。

尽管得到国内外的许多好心人的声援和关心，但解除金融限制无疑还是鸡蛋碰石头。我梦想把文化与艺术嫁接起来，延续成为观光产品，但如今我的梦想变得如此虚无缥缈，我所构想和推进的事情被金融界人士一致排斥。我只能面对这一切，在绝望中生活。

突然有一天，一位客人来到苑里对职工说要见我。我过去见他，他说他是某银行的，让儿子到银行去找他。儿子去银行回来后，对我讲了一些情况，可是我却对什么也不感兴趣。

就这样，我的心已死，谁的话也听不进去了。是这世道让我变得如此，还是我自己让我变得如此，我不得而知。

我不知道他是对我苑的情况进行了周密研讨，还是让我自投陷阱，要不然，就是他以天才的大脑看到了我所描绘的蓝图，或者是因为世人的称赞让他动了心。总之，他毫无畏惧地站出来要帮助我度过危机。在他和管理人员的协助下，我重新进入了新的转折时期。

世上有无数的眼睛和耳朵，如果都是同样的想法，那么世界就不会进步，只能停滞不前。有不一样的眼睛和耳朵，有不一样想法的人，才会让这个世界发展和变化。

很久以后，当我不在这个世上的时候，我希望人们也能记住他。把他作为一个为向世界宣传济州岛，为发展大韩民国高水平文化艺术起到重要作用的人物，铭记在心间。

这个我一直无法忘记的人叫夫相温。

就这样我走到今天，我见到无数国内外的人士，其中有不少人积极帮助我，相反也有一些人极力刁难我，妨碍我。思索之苑几经磨难，终于战胜困难，起死回生，取得飞跃发展。

今年是思索之苑开园 25 周年，创业半个世纪。自开园以来，世界无数知名人士和专家访问我苑。他们的赞美和评价已经通过舆论报道传遍世界。然而，制作盆栽作品和精雕细琢的战斗却一刻也不曾停止。我能做的只是在困境中奋起，与无知的战斗是永不停止的战斗。无论做什么事情，要想达到最高境界，那么就要有铁杵磨成针的精神，有恒心，有毅力。也许这是世界上最艰难、最执着的战斗。

我希望如今的思索之苑作为韩国庭园文化、艺术的新标志，能够成为提示世界庭园文化的一个新的里程碑，成为韩国旅游文化的一个新的转折点。

望着庭园中那些郁郁葱葱的植物，我至今无法忘记金融风暴袭来时的那段绝望期。深刻意识到，只有国家健康持续发展，国民的生活和企业才会平稳运行。每每想起那些在我最困难的时候关心帮助我的人们和上帝，我时常心存无限感谢。

我的中国缘

国宾的来访

1995 年 10 月中旬，我接到外交通商部的通知，中国国家主席江泽民将于 11 月份访问韩国，在他的访韩日程中包括思索之苑。韩方根据江泽民主席在济州岛的停留时间，向中方推荐了几个地方，中方选择了我们思索之苑。我将作为大韩民国农民的代表迎接国宾，心里无比自豪与光荣。我和全苑职工连续奋战了 20 多个日日夜夜，对思索之苑的各个角落修整一新。我们全家都向上帝祈祷，希望能带来一个好天气。

1995 年 11 月 17 日，中国前国家主席江泽民访问思索之苑。

即将迎接中国国家元首的访问，这让我喜忧参半。由于开园只有三年多的时间，尚有许多不完善之处。而且时值初冬，天气也很令人担心。在准备迎接的日子里，妻子每天都在祈祷。

庆幸的是，江泽民主席访问思索之苑的这天，济州岛晴空万里，阳光灿烂，温暖如春。当时我想，老天真是有眼啊，把如此祝福送给我们。我怀着感激之情迎接了江泽民主席夫妇及金燕光等 150 多名随行人员，同时精神高度紧张，唯恐出现什么失误。

江泽民主席待人和蔼可亲，平易近人。游览期间，脸上一直挂着慈祥的微笑。在每一株盆栽前面，都仔细地观察树型及树势，认真地阅读说明文字。有不解的地方就问我，如果我说的不太明白，就继续提问。游览的时间比预定时间超过了 40 多分钟。游览结束后，江泽民主席向思索之苑赠送了刻有“寿”字的瓷器，并挥毫题词。我满怀喜悦向江泽民主席赠送了五盆黄皮榆树盆栽。江泽民主席满面笑容地向我表示谢意，让我心里十分温暖。

游览时，我站在盆栽前对江泽民主席说：

“培育盆栽不仅仅是因为它的美丽。而是通过培育过程中发现的真理来改造自己。陶醉在树木中：

1. 会让人变得勤勉；

2. 会锻炼人的耐力；

3. 会学到树木的正直；

4. 会培养创意思维和美感；

5. 会拥有对未来的规划力；

6. 会与邻里和睦相处，增进交流；

7. 盆栽是重要的文化艺术，在国际上，通过盆栽艺术增进和平。”

江泽民主席连连点头，表示赞同，他说：“您讲得很好。”

随着江泽民主席的来访，我们思索之苑成为国内外舆论关注的焦点。10 多天之后，陆续有许多中国人士访问思索之苑。1998 年 3 月，中国对外联络部副部长李成仁考察思索之苑时，欣喜地握着我的手说：

“4 月份，我要陪同一位贵宾来这里。”

我没想到那位“贵宾”就是后来担任中华人民共和国主席的胡锦涛。

江泽民主席题词（下图左），赠送的礼物（下图右）。

中国国家副主席胡锦涛来访

1998 年 4 月 30 日，时任中国国家副主席胡锦涛的来访，使思索之苑再次受到国内外的瞩目。外交通商部负责人通知我，在胡锦涛副主席访问济州岛的日程中只有我们思索之苑，让我们做好迎接贵宾的准备。我怀着巨大的责任感，精心做着各项筹备工作。我从庆尚北道调来了一株 150 年树龄的陆松，为栽种纪念树做准备，同时，精心布置苑里的环境。

胡锦涛副主席的游览也超过了预定的时间，他仔细阅读我们思索之苑的沿革与说明文字，细心地观赏着每一株盆栽。有不解

的地方就问我，听了我的说明后再仔细观察。胡锦涛副主席认真的态度给我留下难忘的印象。在江泽民主席访问的纪念碑前，他高兴地说：“这是象征中韩友谊的地方。”站在有 150 年树龄的陆松前，他说：“愿中韩友好关系像这棵松树一样长青。”他还鼓励我说：“祝愿不久的将来思索之苑游客突破 100 万人。”他向本苑赠送了刻有万里长城的纪念相框，并挥毫题词。

当时陪同胡锦涛副主席访问思索之苑的中国对外联络部副部长李成仁，在百忙当中邀请我去中国，在亚洲饭店设晚宴，与对外联络部第二局副局长谭家林和翻译官黄依华等一道盛情款待我们。后来，再次到北京时，他通过亚洲第二局局长刘洪才邀请我到外交部招待所共进晚餐，与我进行了亲切友好的交谈。陪同江泽民主席和胡锦涛副主席访问思索之苑的中国驻韩前大使张庭延，也与外交部亚洲局副局长孙国祥一道接见了我，并设晚宴盛情款待。在亲切友好的气氛中，就中韩友好交流，盆栽与自然等话题进行了广泛交谈。他们的热情友好给我留下了难忘的记忆。

1998 年 4 月 30 日，时任中华人民共和国副主席胡锦涛访问思索之苑时赠送的礼物和题词。

江泽民主席和胡锦涛副主席的来访，使我深深感到，两位领导人不仅具有很高的艺术审美情趣，同时具有谦和的品德，令人肃然起敬。更让我感动的是他们充分肯定了当时在国内尚未被人们广泛认可的思索之苑，并称赞它是世界级的作品。两位中国领导人的鼓励，给了我极大的信心和勇气，也使思索之苑的知名度大大提高。思索之苑是先在国外扬名，后被国内认可，可谓墙内开花墙外香。

胡锦涛副主席访问思索之苑后，1999 年 11 月在首尔举行的韩中旅游政策会议上，中国旅游局副局长张希钦宣布，从 2000 年 6 月起，中国将把韩国作为旅游自由国，中国人可以自由出访

胡锦涛副主席访问本苑时种下一株有 150 年树龄的陆松。

韩国。他还访问了思索之苑，对我们给予了高度评价。随后，中国政府高层官员接连到此访问。

接到朱镕基总理将于 2000 年 10 月 22 日访问本苑的通知后，我和苑里的职工们忙碌了一夜，做好了一切准备。大批警卫人员也在待命。可是，这天我们又接到通知，由于朱镕基总理与现代集团会长郑梦久举行海上会谈，访问日期有了变动，访问本苑的日程被取消了。朱镕基总理是在中国的改革开放和现代化建设中起到重要作用，深受 13 亿中国人民爱戴的国家领导人，没能见到他我感到很遗憾。没想到驻韩中国大使馆参赞路江打来电话，要我参加韩中友好协会的晚宴。在宴会上，中国外交部礼仪司副司长李少芬和翻译金燕光把我带到朱镕基总理的面前。朱镕基总理热情地握着我的手说，由于日程有变动，未能到思索之苑去看一看，感到非常惋惜。一个国家的总理大臣如此关心我们思索之苑，如此热情地对待我一个农夫，我感到十分意外。就这样，中国与思索之苑的联系日益密切。

迟浩田国防部长访问思索之苑时，我想他是中国军队的首领，一定是一位非常威严的人。可是，游览时发现迟浩田国防部长兴致很高，而且非常和蔼可亲。参观的时间超过预定时间四十多分钟。每到一处他都赞叹不已。他笑着说：“退休后真想到这里来生活，需要办户口吗？”接着他还说：“看到江泽民主席访问这里的电视画面时我就想，到韩国一定要访问这个地方。”后来，我向迟浩田部长赠送一个以七宝绣制作的松树盆栽银碟，他十分高兴。

随后，中国中央及地方有关人士相继访问思索之苑。此外，因公到韩国或出席会议的中国朋友，也都挤出时间到此一游。中国朋友接二连三的访问，使思索之苑民间外交的成绩得到肯定，2001 年被韩国旅游相关部门授予“2001 年外交通商部的功劳牌”。

接到中国有关部门的联系后，我们又开始做迎接国务委员李长春一行的准备。同时，还准备了腌制韩国传统饮食泡菜的活动，接待了 100 多名贵宾。

中国的领导干部访韩时必到我们思索之苑，是因为江泽民主席特别谈到了这里。我后来听说，江泽民主席曾对干部们讲：“韩国济州岛的思索之苑是一位农夫，不靠政府资助创作的世界杰作，应该到那里去看看，学习人家的开拓精神。”现在中国正全力以赴振兴经济，所以比任何时候都更加尊敬勤奋工作和具有开拓精神的人。中国有着很深的文化、艺术传统，作为盆栽文化的发祥地，他们比任何国家更关心和热爱盆栽艺术。然而，中国的许多文化遗产都在战争和“文化大革命”中流失了。据说目前中国正大张齐鼓地开展园林建设和植树运动，而我则作为样板被中国人谈起。

特别是中国社科院副院长带着 10 多名年轻的精英干部来到这里对我说：“我们决定把先生作为中国社会改革的样板。”他向我一一介绍了在世界著名学府获得博士学位的年轻学者们。中国人的热情让我即羡慕又感动，我从他们的身上看到了中国跻身世界强国的希望。

2009 年 4 月 4 日，中国共产党中央政治局常委李长春一行访问思索之苑，还参加韩国传统饮食腌泡菜活动。

应邀到中国

应中国人的邀请，我多次访问中国。江泽民主席的故乡——江苏省扬州市的市委书记吴冬华访问思索之苑后，邀请我访问中国。我愉快地接受邀请，决定到中国考察一下盆栽的现状，同时访问上海植物园和杭州、苏州、扬州市。访问扬州市红园盆景园时，我与中国盆景艺术家协会副会长赵庆泉谈到了我们两家盆栽苑缔结友好关系的事宜。以此为契机，2000 年 7 月，扬派盆景博物馆与思索之苑举行了友好合作签约仪式。

扬州市扬派盆景博物馆是一家市属的盆栽苑。虽然有专门的盆栽师管理苑里的盆栽，但由于“文革”的余波，盆栽技术还比较落后。特别是盆土，用的不是磨沙土，而是直接栽在泥土里。这样就会因通透性差，不易扎根，有根部腐烂的危险。最后，盆栽会因土块板结，根须透气性差出现枯萎。我建议扬派盆景博物馆，要发展盆栽今后一定要使用磨沙土。他们也十分赞同我的提议，表示要改进盆土，但由于这是市里运营的单位，要改进似乎需要很多程序。

同年，我应北京林业大学校长朱金兆的邀请，到北京为园林教授和园林系的学生们讲课。讲堂里座无虚席，有 100 多名师生前来听我讲课。我的讲课内容通过翻译传达给大家，在三个多小时的讲座中，我首先介绍了目前世界盆栽界的整体趋势，如今世界盆栽界倡导具有个性化的盆栽艺术，而不是过分强调传统形式与流派。我认为，现在中国盆栽也不应固守什么扬派或海派，而是顺应世界盆栽发展趋势取得新的发展，要做到这一点，首先就要改善盆土。在栽种行道树木时，也应突出广阔的国土和各地的特点，每个城市，每个地方，都要根据当地气候，选择具有个性的树木作为行道树，它也会成为一个优秀的旅游资源。

讲课结束后，我听有关人员讲，第二天召开全国园林政策会议，在会议上，我的讲课内容将反映到会议上。当时我十分震惊，中国人对绿化园林的高度重视让我敬佩，同时也感到了一种责任感和紧迫感。

不久后，我应中国著名雕刻家、南京大学雕塑系教授吴为山的邀请到南京大学演讲。我以“盆栽与人”为题，做了 3 个小时的演讲。

第二年，也就是2001年，我再次应扬州市政府的邀请，以“韩中及世界盆栽界动向”为题，为中国的几十位盆栽艺术家做了专题讲座，还被任命为扬派盆景博物馆的名誉馆长。

2002年5月，我应邀与八位韩国各界代表一道参加了中国“千县工程”一周年纪念大会，这是中国为农民致富牵线搭桥的具体行动。我是唯一被邀请的外国农夫。在人民大会堂里，我以“农夫的人生”为题做了演讲。我们一行还荣幸地被邀请到钓鱼台休息。归国后，曾经访问思索之苑的北京市市长邀请我协助北京市的绿化工作。

2004年10月，辽宁省沈阳市政府邀请我到沈阳市就将于2006年举行的“世界园林博览会”环境进行考察。几年来，我对中国领导的关心与爱护一直心存感激，总觉得自己应该为中国做点什么。目前，中国各地对盆栽及造景艺术都极为关注，我相信在几年内定会有一个质的飞跃。我愉快地接受了邀请，到沈阳考察了已经启动的“世博会”工程，并与陈政高市长进行了交谈，发表了自己的见解。

我认为，即将举办世界园林博览会的沈阳，应该有沈阳的市树，它应该是一个最能体现沈阳精神的树种。我的意见在中国盆栽专家中引起很大反响，被媒体报道。

每次访问中国时我都受到热情款待，我不过是一介普通农夫，这真让我有些受宠若惊。中国领导层与我进行真诚的交流，把我的讲课内容反映到决策会议上，这种虚心的态度给我很大触动。他们不是纸上谈兵，而是认真倾听基层的呼声。为了国家的发展，他们并不在乎向外国人咨询请教。

我在与中国领导层人士的交往中学到了许多东西，与此同时，更加理解和热爱中国。中国人为人谦逊，热爱文化、艺术，观赏盆栽的态度也是认真的，深刻理解盆栽的内涵，并努力去学习技艺。与他们进行交谈，我常常会不由自主地点头，会发出由衷的感叹。

毛叶石楠的春与秋。中国领导人对思索之苑价值的肯定让我深受鼓舞，也让我深深爱上了中国这个国家。我常常苦恼应该给后代留下什么。现在我终于找到了答案，那就是把我所拥有的一切毫无保留地留下。

中国媒体评价

人们往往都愿意与肯定自己的人一起做事。我也是如此，中国人对我的肯定使我更加喜欢中国，渴望与他们进行交流与合作。我总是非常愉快地接受中国人讲课的邀请，而中国人访问时，我会拿出我全部的热情去接待他们。中国媒体也相继报道我们思索之苑。我，一个韩国农夫和思索之苑的名字多次出现中国的电视台、《人民日报》、上海《文汇报》、《光明日报》等媒体上。

经过改革开放，中国经济快速增长。因此，不断有以经济考察为主的政府考察团访问这里。继江泽民主席、胡锦涛副主席、朱镕基总理、迟浩田国防部长等高层领导访问后，省长、市长们，国家级经济考察团、科技考察团、园林考察团、环境考察团、青年代表访问团、新闻采访团等无数考察团访问我苑。

每次考察团来过之后，中国国家级媒体就会报道我们的消息，仅在《人民日报》上就报道了 6 次，在中国各地的媒体上被报道了无数次。

1995 年 11 月 17 日江泽民主席访问思索之苑这天，时任《人民日报》总编辑的范敬宜先生在《人民日报》上首次发表了题为《新〈病梅馆记〉》的文章（他曾于 10 月份访问本苑）。在与他的交谈中我得知，他过去对盆栽花木是有成见的，这种成见是他少年时代读了龚自珍的《病梅馆记》以后形成的。但是读了庭园游览线路上的说明文字后，他改变了对盆栽的偏见。

通过范敬宜先生的《新〈病梅馆记〉》，许多中国领导对盆栽文化有了新的认识。范敬宜先生在访问本苑时，自始至终对本苑充满好感，特别是看到历史馆中介绍我白手起家的历史，对我更是赞不绝口。

在游览的过程中，他一字不落地读完了本苑各处立着的说明文字，我十分惊讶。我深深被他那郑重、谦和的态度所吸引。我和范敬宜先生的缘分就是这样开始的。一年后我访问中国再次与他相见，此后一直保持联络，并结下了深厚的友情。

清代著名作家龚自珍的《病梅馆记》，使中国的盆栽长期以来受到歪曲和误解。《人民日报》总编辑范敬宜先生对思索之苑的访问，成为纠正歪曲文化的契机。

范敬宜在江泽民主席访问思索之苑这天发表的《新〈病梅馆记〉》，让中国的盆栽文化迎来新的发展。

近几年，我每年都到中国五六次，都是应访问本苑的中国朋友之邀。可是，由于庭园的工程，2003 年我一直抽不出时间。这年 11 份，《人民日报》总编辑张研农一行访问本苑。他们在赞美思索之苑的同时，被我的创业历程所感动，临走时题词留念。

济州仙境多
至美属盆艺
现代承传统
中韩友情深

济州仙境多
至美属盆艺
现代承传统
中韩友情深
二〇〇三年十一月三日
人民日报 张研农
2003年11月12日

回国后，张研农总编辑以《盆栽与人生》为题在《人民日报》上发表了介绍思索之苑和我的文章，对我给予了极高的评价。2004 年 5 月，我应邀访问人民日报社。张研农总编辑说，迎接北京奥运会，国家正在为造景苦恼，他想就这个问题采访我。我有些惊讶地说："中国这样的大国，应该请世界级的专家来谈，我一个农夫能谈什么呢？"张研农总编辑说："我们不需要世界级专家，成苑长不就是世界级的造景师吗？"说着爽朗地笑起来。

我们在友好的气氛中就树木和盆栽进行了广泛交流。他赠送给我一幅 3 米长的山水画。我带记者和翻译回到宾馆，接受了近两个小时的采访，谈了我对中国造景的看法及建议。后来在《人民日报》上以《让植物景观成为城市宝贵财富》为题刊登了对我的采访。

1950 年 6.25 战争后，韩国也曾因经济困难，把山上的树木全都作为柴火砍了，到处是荒山秃岭。后来，在朴正熙总统的号召下，开展了持续多年的全民植树活动，如今山山都披上了绿衣。发展初期，只要在荒山秃岭种上树，在街两边种上行道树就可以了。可是经济发展到一定程度后，从国家到百姓都对环境有了新的要求。不仅追求经济效益，同时也希望种植优良品种的树木，希望路边的树木也能成为一道美丽的景观，吸引游客。希望树木成为当地精神文化的一部分。在土质好的地方更新优良树种，持续进行改种经济林的工作。

中国也在经历着这一过程。

我曾经到过中国南方和北方的许多城市。每次都发现绿化日新月异。这是由于改革开放以来，中国政府十分重视绿化工作。许多地方，我第一次去和第三次去的时候，绿化风景已经大不一样了。为了美化环境，从外地移植树木。

《人民日报》记者朱竞若与翻译徐波一起，对我进行了两个多小时的采访。他认真记录着我对中国园林工作提出的建议，后来以我亲身经历的江苏一个移树现场为例，发表了一篇题为《植物景观》的文章。他在文章中强调，如果政府眼光长远，借鉴别国的经验，认识到十年二十年之后人们的需求，提早进行规划，那就可以不走或少走弯路。我一个韩国农夫，曾先后五六次荣登世界权威的报纸《人民日报》。还有一次，我应《中华英才》总编辑王霄鹏的邀请访问该杂志社，并接受采访。据介绍，《中华英才》杂志是以采访中国领导人和世界各国领导人为主的杂志。2001 年，该杂志刊登了介绍我和思索之苑的文章。我和王霄鹏总编辑见过三次面，他像对待老朋友一样热情地迎接我。

2004 年 10 月 15 日，《中国环境报》记者李实发表了一篇题为《生态“愚公”和他的驻岛生涯》的文章。他在文章中写道：“这个以绿色生命构成的艺术王国，融合天、地、光、雨之气于一体，雕琢草、木、花、果特异形态于一园，将人类对艺术的灵感与追求，用植物的婀娜形态表现得淋漓尽致，使艺术不再成为挂在墙上毫无生命的油画，而供人观赏。她使人类对美的追求和意境，置身大地使其落地生根，用绿色生命塑造的婀娜多姿、完美结构来体现人类的审美价值与思维境界。成范永创造的这个

中国国家环保总局副局长潘岳的题赠：“中华盆景艺术从这里传向世界，我们将把这里的人文精神带回中国。题赠全世界最可敬的农夫成范永先生。”

‘思索之苑’，汇成了一首高雅优美的生命之歌，成为海内外客人驻足赞叹的惊人之作。”

中国权威报纸《光明日报》副总编辑李景瑞及刘希全、龙军等，2005 年 2 月在《成范永和他的盆景艺术苑》的文章中写道：“正是以农夫之坚毅，他硬是把 3 万多平方米的野岭荒地，改造成一片锦绣天地。他们栽培的 100 多种温带和亚热带乔灌树木，畅茂秀润，摇曳多姿。他培育出的 2000 多个造型各异的艺术盆景，或雄奇遒劲，或苍茫蓊蔚，或空灵娟逸，或潇闲秀雅……”。

在此我不能一一列举，总之，我接受了许多中国媒体的采访。

他们把我作为园林专家，请我谈韩国园林的发展史和多次访问中国的感受，建设庭园的过程，我的人生哲学，世界盆栽界动向等许许多多的问题。

今后，我还会通过接受媒体采访和讲课等方式继续加深交流。至今我一直过着农夫的生活，今后我还将这样生活下去。虽然有许多不足，但我还是希望以自己所拥有的一切，为我的国家和人类服务。人们在享受先进的物质文明和精神文化生活的同时，需要一种心灵的安宁与精神的寄托。我希望思索之苑美丽的生态环境，让现代人获得一种心灵的宁静与精神的慰藉，通过文化、艺术为增进韩中两国的交流与友谊贡献自己的一份力量。

名人轶事

技术与金钱　时间与执着的结合体

1996年，美国大使雷尼庆祝母亲的80岁生日，携全家一起来韩国旅行，顺便到我们思索之苑来游览。雷尼大使起初也许对这里并无多少兴趣，他携全家旅游途中到思索之苑有他的理由。大使访问思索之苑之前，由70多名驻韩外交使节夫妇组成的旅游团到此一游。大使当时因有事未能参加，只是在其他外交使节那里听说我们这里是一个盆栽公园。雷尼大使是一位盆栽爱好者，对盆栽颇有研究，但对韩国而不是日本的这个盆栽公园，他持半信半疑的态度。

于是他没有声张，买了入场券静静地参观思索之苑。可是参观了一半之后，他改变了主意，决定“见一见这里的主人”。

雷尼大使身材魁梧，性格十分爽快。他在第2条旅游线路中间的桧柏前等我，见到我热情地迎上

山荔枝盆栽。虽然国籍和活动领域不同，但热爱植物的心是相同的。我切身感到，树木让世界变成一个统一体，这让我对自己的工作充满了自豪。

来握手、拥抱。

大使对我说，他特别喜爱盆栽，在日本时，他走遍日本各地观赏盆栽，但在日本还没有看到一处这样的地方。“如果日本没有，那么这就是世界杰作。”他发自内心地称赞道。当时是开园初期，尚有许多不足之处。他是在西方人当中第一位称赞我们思索之苑是世界杰作的人。

大使与我在友好的气氛中喝茶。他对我说，建设盆栽庭园，如果没有技术与金钱、时间与执着是不可能的。他的话让我感到十分吃惊。是啊，为了这座盆栽庭园的开园，我进行了3年多的艰苦施工，要使公园按计划完成还需要投入多少时间与资金啊。我打心眼里感到焦虑。日本著名的盆栽公园“西厢园”，不也因创建者的去世而关闭了吗？技术与资金，时间与执着，大使说的实在是千真万确。当时在国内，人们不仅对盆栽本身不太关心，而且很少有人体谅建设者的困难。因而大使的一番话当时给了我很大的力量。

1994年，我在与日本高木盆栽美术馆会长的交谈中也切身感受到建造盆栽庭园的艰难。我在位于东京的高木盆栽美术馆与他见面。他的盆栽都在七八层高的楼顶上陈列着。那时，他正在经营一家百货商店，同时正抓紧进行盆栽美术馆工程，计划在1997年正式开馆。已经计划1997年在此举办世界盆栽大会。他对盆栽公园怀着极大的兴趣，并已在总馆建筑里建起了75坪的地下仓库，在梧桐木箱中收集了许多古董花盆。因为投入太多，他有些担心。他对我诉苦道：“看来这种事情只有像中东石油王子那样的人才能做，穷人真是干不起啊。”不久后，不知是什么原因，盆栽美术馆工程停工了，世界盆栽大会也取消了。现在我也常常向前来思索之苑参观的日本盆栽爱好者们打听，盆栽美术馆何时才能完工，他们的回答是不知道或者是无法完成。

有时我想起他说过的“看来这种事情只有像中东石油王子那样的人才能做”这句话，独自摇头苦笑。如果所有的事情都用金钱去做，那么像养护盆栽的这种事情就会永远无头无尾。也就是说，树木的每一节、每一枝都要用心去交流，都像我身上的血管，要用心去爱护，用双手去修剪，这怎么能是金钱能做得了的事情呢。

如此看来，我们思索之苑与日本也颇有缘分，继 1994 年日本旅游联盟会会长率 80 多名人士访问这里之后，2000 年，韩日沿岸市道县知事访问这里，此后又陆续接待了不少日本盆栽爱好者。

尤其是日本住友集团会长的访问给我留下了深刻的印象。在他访问这里之前，日本的考察队已先期访问这里。我后来才听说他是日本非常有名的财阀。

会长夫妇一到大门口，随行的秘书就对我说，由于时间安排紧张，他们只能在此停留 20 分钟。所以，我也急匆匆地在前面为他们导游。可是没想到会长夫妇却不受时间的限制，还悠闲地参观了思索之苑的历史图片馆。他们在此参观了一个多小时后感慨万分地对我说：“我们实在搞不懂这是如何建造起来的。”事先只准备参观 20 分钟的会长，在这里停留了 2 个多小时。会长先生回国后还给我写来了信，信中说："见到先生是我一生的荣幸，祝思索之苑不断发展。"我再次切深感到了盆栽的魔力。

盆栽架起友好桥梁

1997 年，澳门总督看了海外媒体介绍的有关我们思索之苑的专题片后，也慕名前来访问。参观结束后他对我说："这里比电视里看到的还要美丽，真是一个世界杰作啊。"他对随行的摄影记者们说："要在澳门播放思索之苑的专题。"他让记者在现场采访我，归国后不久，总督先生给我发来的邀请函。可是，自 1997 年以来，由于海外知名人士的接连访问和苑里不断进行的各项工程，我很难抽出时间。

我到澳门去访问是在总督发出邀请函两年以后。那时正是澳门即将回归中国的前一年。葡萄牙将军出身的总督，为我安排了专车和专门的导游，五星级饭店以及可口的饮食，为我的访问提供了各种方便条件，接待庄重而又热忱。在旅馆交谈时他对我说："你已经创作出了世界杰作，还有什么遗憾呢。"总督的热情款待及对我的高度评价，让我感到了一种沉重的责任感。

1999 年，在澳门总督威斯科・霍奎姆・罗切・韦奇立的官邸。

2000 年以后，我才切切实实地感到思索之苑已名扬海外。国内外政治家、植物学界专家、军队将领、学者、IOC 委员、著名媒体人士等接连不断访问这里。他们共同的特点是都那么认真地阅读苑里的说明文字。虽然国籍不同，从事的领域不同，但他们都是那样热爱植物，都在寻找着树木的美丽。我从人们对树木的热爱中深深地感到，树木把世界连为一体，盆栽架起了国际友好的桥梁。各国友人对盆栽的热爱以及对思索之苑的肯定，使我对自己所从事的工作充满了自信和自豪。对我来说，经过 IMF 的洗礼之后，能获得如此自信比什么都宝贵。

2000 年春，蒙古国会议长和在野党领袖访问了思索之苑。他们对这里也表现出极大的兴趣。蒙古国会议长给人的第一个印象是像一位优雅的绅士。他兴致勃勃地参观了思索之苑之后对我说："您把自然与植物升华为艺术。"蒙古在野党领袖是一位女性，她非常细心地观赏每一株树木，连连赞叹"太美了，太美了！"蒙古客人对树木的观赏态度，使我对蒙古这个国家有了一个新的

贴梗海棠盆栽。

榆树盆栽。

◉ 2002 年 4 月 18 日，与前来访问的蒙古国民意党党首合影。

Dear Bum Young Sung,
Congratulations to your work and life!
This wonderful garden reminds us of transience of life
yet it also tells us that in such a short period of life
humans can change their lives to the better. As T.Eliot
said: "Where is the wisdom we lost in information?" in
today's information age. We find wisdom here.

Thank you

Mongolian Parliament Delegation: 18 April, 2002
S. Oyun, U. Khurelsukh P. Tuya

亲爱的成范永先生

对您一生的辛劳深表敬意。这座令人惊叹的庭园让我们懂得人生无常。这座庭园告诉我们，人生虽然短暂，但人们可以通过努力让自己的人生向更好的方向发展。正如《荒地》作者所说："我们到哪里去寻找我们在信息世界中失去的智慧？" 生活在信息时代的我们在这里找到了答案。谢谢您。

认识。他们虽然都身居要职，但他们的观赏态度却十分谦虚，我至今还记得他们在访名录中留下的话：“到哪里去寻找我们在信息世界中失去的智慧？”

● 2001 年 7 月 18 日，与法国神父克拉克・阿历克谢。

J'ai trouvé là la grande philosophie. The one that links spiritual and sensorial.
It remembers me a sentence of our great religious master, St BERNARD (13e / 14e century?) : « You will learn more in the woods than in books. Rocks and trees will teach you secrets that no one can teach you »

P. Babin
directeur CREC AVEX, Lyon - Fr.

在这里，我发现了一个伟大的哲学。
在这里，我想起了一位圣人说过的话：
“在树林中，我们会学到比书本更多的东西。
岩石和树木会告诉我们任何人都无法传授的‘秘密’。”

2006 年 4 月 14 日，俄罗斯议员克鲁斯（下院能源委员会副委员长）等在思索之苑与作者合影。

Делегация депутатов Государственной Думы
Российской Федерации
выражает глубокое восхищение созданной красотой!
Красота спасет мир! Мы увозим
в разные уголки России частицу этой красоты.
С благодарностью!

Депутат Государственной Думы — Клюс В.А.
депутат Государственной Думы – летчик-космонавт, Герой Р.Ф. — Кондакова Е.В.
Депутаты ГД
Резник Б.Л.
Советник Г.Д.
— Нефедов А.Л.
Дозеев В.В

从这里的每一株盆栽树林中都感受到了成范永苑长付出的心血。再次体会到了陀思妥耶夫斯基所说的“美丽拯救世界”的含义。

俄罗斯客人给我留下的印象也十分独特。普京总统的特别顾问、国防守备大队队长等将军级人物，以及下院议员等都曾到思索之苑访问。人们都说莫斯科是“艺术之都”，他们的观赏态度以及审美水平不像是政治家和军事家，而更像艺术家。

俄罗斯高层人士的艺术修养让我感动，于是在庭园的说明文中增加了俄语。

韩国籍的世界小提琴手郑京花的天真烂漫也给我留下了很深的印象。她与工作人员一起参观了思索之苑之后兴奋地说，她到过世界许多有名的地方，但这里是她看到的最美丽的地方。说着她热情地拥抱我，高兴得像个孩子。

哈佛大学斯卡里博士称“在这里可以发现生命的哲学、美丽和惊奇。”美国西北密西里州州立大学校长说：“头一次看到这样美丽的地方，感谢上帝。访问思索之苑最大的收获就是学到了苑长对树木的一片赤诚和把它融入到人生中的哲学。”

还有一些游客到此游览之后写下有趣的留言。有一位游客这样写道：“创建这座庭园的人一定是一位这样的人：1. 有丰富的植物学知识；2. 富有耐性，做事周密；3. 具有很高的艺术性；4. 对树木充满爱心和情感。如果不具备上述条件，就不可能创造出这样世界有名的庭园。”

他竟列举一二三，为我做出如此评价，真让我受之有愧。

2002 年访问这里的金光林专利厅厅长在留言簿中写道：“最能代表韩国的也是世界最宝贵的新知识财产。这里是大韩民国最值得骄傲的新知识财产，庭园！”

我虽然没有到西班牙巴塞罗那古埃尔公园，但听过许多有关这个公园的故事。据说，由世界著名的建筑大师高迪建造的这座公园，使巴塞罗那的所有市民都成为受益者，可以说古埃尔公园就像市民的衣食父母。有一次，济州岛籍的西班牙跆拳道教练来到思索之苑。游览结束后他对我说，思索之苑是欧洲人非常喜欢的风格，他问我是如何做出这种设计的，并向我讲起了古埃尔公园。一位毕业于庆北大学建筑系的女建筑家说，她曾到西班牙专门研究高迪的建筑风格，可是“这里比古埃尔公园还要美丽”。

农夫生涯半个世纪，以我的能力建造盆栽庭园的确不是一件容易的事情。然而，我只是凭着我对树木的无限热爱，凭着我对美丽的执着追求，抱着为树木寻找一张美丽面孔的愿望走到这里，希望大自然的美丽，能把不同国籍、不同民族的心联系在一起。

在思索之苑的访问录上留下的所有留言，对我来说都是一种感动与鼓励。每当我看到游客们的留言，每当他们与我握手、拥抱，对我的劳动表示敬意和赞叹时，我都觉得自己这些年的辛苦值得，自己的选择没错，心里有说不出的欣慰和自豪。同时，挑剔的专家们对我的肯定，给了我自信，使我产生了新的目标和希望。

会见世界朋友

拥抱与欢笑

从世界各国来到韩国的许多贵宾都访问思索之苑。我对他们在繁忙的日程中挤出时间到这里十分感激。我带着民间外交家的使命与自豪，热情迎接他们，希望他们把美丽的韩国深深印在心中。每次他们感动和感叹时，我内心都说不出的自豪。

2000 年，参加世界 PATA 的欧洲各国旅行社负责人和记者团到思索之苑来参观。他们应韩国旅游发展局的邀请，经首尔、庆州、安东、釜山，最后到济州岛访问思索之苑。他们都是旅游行业的专家，我很想知道他们的反应如何。在游览时，我不时听到他们惊叹："太美了！太神奇了！"。"这里是韩国旅游中最精彩的部分。""早知有这么美丽的地方，我们何必要浪费那么多的时间。"他们的表情是真诚的。

秋后访问这里的美国华盛顿国际旅行设计公司社长凯尼安高兴地对我说："参观了韩国的许多地方，思索之苑是最美的。"归国后，他给我发电子邮件说："我组织了访问思索之苑的旅行团，想到他们访问思索之苑时获得的感动，心里就激动得怦怦直跳。"他还邀请我访问华盛顿，要与我讨论访问济州岛事宜。由于事务繁多，我没能前往。维也纳旅行社的社长非常认真地问我："你进行如此艰难的工程，得到了政府多少援助？”意大利的一位记者说：“在韩国的旅游中，感觉安东河回村不错，只是原型保存不是太好，有些失望，可是这里的庭园“非常精致”。

2001 年，美国 CNN 旅游专栏节目里介绍了我们思索之苑，看到此片后慕名前来观光的国外游客日益增多。自澳洲电视 9 频道在节目中介绍思索之苑后，我们又迎来不少澳洲的游客。2000 年以来，中国和日本的游客相对减少，相反欧洲游客日益增多。游客中还有一些南非共和国和尼日利亚等国的游客。他们不远千里到此游览，对苑里的各个角落看得都十分仔细，而且认真阅读由韩、中、英、日、俄 5 种文字写的说明文字。

还有一些塞班、中国和国内的作家，向本苑赠送了他们的书画和东洋画等珍贵的作品。还有一些书法家，为思索之苑挥毫题词，表达了他们对庭园的热爱。我心里一直惦记着建一个展室，仓库里保存着许多游客留下的字画。

一位在美国攻读旅游学的年轻人感慨万千地对我说：“我周游

毛叶石楠花（左），山荔枝花（右）。外国游客在访名录上的留言对我和我的职工是莫大的鼓舞，也让我们心中充满自豪。

作者与美国史密森博物馆政策分析官卡罗尔·尼夫斯在思索之苑合影。

This garden is the most beautiful, serene, and spiritual place that I have visited; and I have travelled widely. The founder is truly an unique individual who has contributed greatly by sharing a set of valuable lessons concerning life, our relationships to nature, self growth, and respect for all living things. I am honored to have been in his presence. I hope to return here and let others know about him and the other living treasures. Sincerely yours, Carole M.P. Neves, the Smithsonian Institution. May 3, 2009.

Director, Office of Policy and Analysis

Carole M.P Neves

“这里是至今我访问的庭园中最美的一座庭园，宁静平和，高贵典雅。感谢成苑长让我们在此分享到大自然的生存法则和教训，即内在的成熟，对生命的珍惜，无私奉献的精神等。很荣幸与他交谈，他是一位真正高尚的人。希望其他人也能在此认识成苑长，还有苑里其他有生命的宝物。”

世界，游览了许多名胜古迹。特别是最近一个时期，我巡回日本各地受到不少感动。可是来到这里之后，在日本的感动都跑得无影无踪了。我们国家有这样一个世界杰作，让我感到由衷自豪。”临走时他留下一百美元，说这是自己的一点心意。

2002 年，尼日利亚的政府长官访问这里。他兴致勃勃地观赏着，连连赞叹：“太美了，太美了！”我满腔热情地招待这位远道而来的客人。分别时，他紧紧握住我的双手，依依不舍地说，我一定会再来这里。这位长官离开后的第二天，导游人员送来了一封信。原来是尼日利亚长官临走前在旅馆写的信，信中说：“请接受我的一点心意。”信封里装着一百美元。

还有一些游客，每当换季的时候都要到思索之苑一游。驻韩教皇厅大使先后四次访问思索之苑，他说：“越看越想看。”法国驻韩大使夫妇也先后四次访问思索之苑。此外，德国、美国等国家的不少游客都说他们已经是第三次或第四次访问思索之苑。有一次，工作人员向我报告有一位游客想见我，我只好停下手中的活计去见这位客人。原来是一位与韩国人结婚的德国人，他见到我高兴地说，他已经先后十多次到这里访问。听到他的话我十分惊讶。

“能参观您的美丽庭园是我的荣幸。它为我的济州岛之行赋予了意义。感谢您为世界提供了这样美丽的作品。”

每当见到这样的游客，我心里都说不出的感激，觉得我和职工们不分昼夜的劳动是非常值得的。

美国记者协会与瑞士盆栽专家访问庭园

2003年10月9日这天，我和往常一样，在苑里忙碌了一上午，下午一点多钟才来到食堂吃午饭。走进食堂，我看到几位身材高大的西方人在用餐。我和平常一样，静静地坐在食堂的一角吃午餐。这时，一位职工走过来对我说，那几位外国人问游览结束后能否见苑长先生一面。我说可以。吃过午饭，我又到外面去砌石墙，这时我接到一个电话，说由美国记者协会会长率领的美国记者协会访问团一行17人要到此参观。

每次世界各国的记者和旅行社负责人及与旅游相关团体负责人来访时，我都停下手中的活计去见他们，对他们提出的各种问题以及关心的事情，尽可能做出详细的解答。因为这是向世界宣传本苑的绝好机会，是我求之不得的事情。

下午三点左右，记者协会一行到达本苑，举行简单的欢迎仪式后，正式入苑参观。导游和韩国记者协会工作人员说，在此只能停留1个小时，时间安排很紧，让我抓紧时间。可是他们却连连说着："Beautiful！ Beautiful！"仔细地观赏着每株盆栽。还没有参观三分之一，时间已经过了一个小时。我也想抓紧时间，可是提问一个接着一个，耽误了不少时间。这时，他们一行中有一位提议延长日程，他的提议立即得到大家的鼓掌欢迎。决定下来之后，大家自由观赏、照相、提问题。据导游人员讲，起初大家因为旅途疲惫不想参观这里，可是导游告诉他们这里是非常值一

访问思索之苑的美国媒体朋友。

看的地方，他们才决定到这里来。

他们的欢乐神情给我注入了新鲜活力。我时常从国际友人的关心与评价中获得信心和勇气，所以我特别注重他们的反应。他们对思索之苑的高度评价，给了我夜以继日、废寝忘食工作的动力。

结束一个半小时的参观后，他们边喝茶边对我进行了大约一个小时的采访。他们不时用“世界唯一的”、“令人感动的”这样的词汇来表达他们的感受。当夜幕开始降临时，他们的采访才结束，并与我一起合影留念。送走他们后，我回过头来去见中午约我相见的几名西方人。

“啊……真对不起！”

我带着歉意向他们走去。接过名片一看，原来他们是瑞士专门培育盆栽的人士。遇到同行我十分惊喜。

“让你们久等了，天都开始黑了。”

“不不，没关系。”

我们像老朋友一样交谈起来。虽然国家不同，语言不通，但我们都拥有同样的盆栽世界，所以很容易沟通。正巧翻译是一位叫郑洋彩的韩国人，她的丈夫是苏黎世机场的植物检疫官，又是一位盆栽家。他们一行在思索之苑里看了又看，不时发出感叹。

“我们完全被征服了！真是一个迷人的地方。”

郑洋彩女士高兴地向我翻译他们说的话。

他们表示要把瑞士的树木标本寄来给我做纪念，还邀请我到瑞士访问。我们像多年的知己，在愉快的气氛中交谈了很长时间。

我常对我的家人和职工说：“日客流量达到一两千名固然好，但重要的是世界级专家如何评价我们的庭园。”如今世界级专家们评价思索之苑是“世界最美庭园”，但我们不能满足于此，应再接再厉，争取更大发展。

2003年10月9日，我收到瑞士ITIS校长的邀请，可至今尚未成行。参观本苑后，ITIS校长感叹道："我讲旅游学把世界浓缩在课本中，可没想到济州岛有这样一个迷人的地方。"陪同IT IS校长前来的沈周宗教授也在访名录中写道："作为研究了19年艺术学的教授，我感到很惭愧。"

国内外游客的赞叹和鼓励，让我感到肩上的责任更重了，同时深受鼓舞。我和苑里的职工们将竭尽全力，让访问本苑的游客得到更多的喜悦和收获。

令人感动的旅游

在这个世界上，如果我们没有思索与追求，没有努力与牺牲，那么将一无所获。但是，往往人们都想以简单的方法获得更多的利益。结果是即使努力了，大部分情况下，付出与获得未必成正比。而这种不合理的社会现象，过度的贪婪往往会使自己的人生出现问题。

热爱树木不仅会让人获得心灵的平和，而且还会领悟出生活的自然法则。一个人生在这个世界上，没有真正地养过一草一木，怎么能享受美丽的幸福呢。

自开园以来，思索之苑迎来了无数国内外的游客。我常常对苑里的职工说，我们应该想到，外国人不远万里来到我们的庭园参观，是为了见到能够代表韩国和韩国人民的人。苑里的所有职工都是韩国的代表、文化大使、民间外交官，我们应该带着这种自豪感和使命感，真诚迎接来到苑里的每一个人。这样我们工作起来不仅有成就感，而且也会为提高国家威信贡献一份力量。

我想，我们所有的人都只是到这个世界走一趟，为了在此停留期间的生活而工作。但是，我们都有必要想一想自己所做的工作，对自己和国家的未来会有什么样的帮助。

没有付出的生活是不是太枯燥乏味了呢？一个人在“艰难”和“轻松”两种生活方式中，选择什么样的生活方式决定着自己的命运。我们有必要认真地想一想，有价值的人生，对自己，对社会，对国家会产生怎样的影响。我拿起一块块石头砌石墙时，常常是左看右看，心想“真美啊。那么在别人的眼里也会这么美吗？在别人眼里像石头？还是像石墙？会不会像汗珠？或者像宝石？”每当计划做一件事情时，总是要想数百遍数千遍，等确实有了把握才付诸实践。就拿砌石墙来说，砌上了就不能拆了重砌，或许会永久存在。假如砌好的石墙出现问题，那么不仅浪费了许多时间和努力，而且也会让人泄气。走过的路再走一遍，那无疑是枯燥的。只有经过充分考虑，精心修建的石墙才会结实

紫薇。

耐用，而马马虎虎，敷衍了事，那么过不了多久就会倒塌。

这些年来，为了砌石墙我不知付出多少时间与苦恼。

我常听国外旅行社的高层人士和记者们讲，他们到韩国希望看到最能代表韩国的，融入韩国历史与文化，艺术与灵魂，而且只有在韩国才能看到的世界级作品，可是在韩国找不到。我是个农夫，没有专门学过旅游学，也没有学过建筑学、植物学、土木学、造景学等。只是因为喜欢树木，喜欢泥土，在养护树木的过程中开始接触旅游业。然而，自开园以来，在接待无数世界游客的过程中，我逐渐对观光有了自己的想法。

人们常说 21 世纪是信息与文化产业的时代。说起文化产业，旅游业是不可缺少的。人们到一个陌生的地方旅游，究竟希望得到什么呢？也许对于这个问题会有无数种答案，但依我的经验那就是“感动”二字。我觉得，旅游无论是拓宽视野，还是放松身心，如果没有“感动”，那不过是走马观花，留不下什么印象，自然也就不会有再度的寻访。换言之，只有感动才会让旅游产生“意义”，才会保持持续的关系。

我经常有机会与接待泰国、马来西亚、中国、菲律宾等东南亚国家游客的导游们见面。我向他们问起东南亚游客对国内旅游景区的反应和各地的人气指数。因为最近政府正积极引进东南亚游客。导游们普遍认为，济州岛和雪岳山，首尔的明洞和东大门、南大门市场等地是游客比较喜欢去的地方，其中首选的地方就是济州岛。这对于在济州岛从事旅游业的我来说，无疑是一件值得欣慰的事情。

不过，游客们首选的济州岛，在旅游项目开发上存在着不少问题。本应持续对原有的资源进行创造，可现在却一味地模仿，不仅削弱了竞争力，由于形象大滑，会阻止游客们的脚步。这不能不令人担忧。

我认为，单纯的为“吸引游客”而建造的旅游景点是缺乏长久性的。东南亚游客固然重要，但是，如果我们不面向美洲或欧洲等国家的高层消费者，长期开发优质旅游商品，建造韩国历史馆和我们所固有的旅游商品，那么总有一天，游客也会对我国的旅游景区失去兴趣。

人们的审美目光基本是一致的，自然会寻找最佳的地方，东南亚的游客也不例外。如今人们对美的追求和标准日益提高。人们在寻找有感动的旅游。因此，我们应该多开发一些“感人”的，让人心动的旅游景区。

济州岛被称为自生植物的宝库，拥有自然与植物相得益彰的旅游资源。因而要以大自然的恩赐为依托，建设风格独特的高级旅游区。不能一味地模仿别国已有的作品，等待游客上门。也许建设初期很快会吸引不少国内游客，但从长远角度讲，无疑是一个败作。短期内建造或模仿的作品无法创造出艺术价值或文化内涵，由于缺少独特的魅力，它对人们的吸引力是有限的。因此，旅游业也要以长远的目光去规划和设计，创作出世界级的作品。要立足国家未来，从长计议，为作品赋予百年大计的艺术灵魂，否则旅游国的未来不过是一场梦而已。

要建设独特的，只有在我国才能看到的，只属于我们自己的东西。如果没有世界级的名胜区，就不可能吸引世界各地的人们。我没有去过世界的很多地方，但是我想象济州岛这样拥有天然资源的地方并不多见。济州岛作为休闲观光地，拥有最佳的条件。关键是我们如何去设计。

我觉得建设一个旅游景区之前，首先要对项目本身和能力，以及建设者的人品进行严格审查，然后再审批。审批后，双方要带着责任感集中进行管理，使之随着时间的推移持续发展，不因时间的流逝而褪色，年代越久远，其历史越闪光，要致力于持续的发展与宣传，只有这样才能成为一个著名的旅游景区。一味地模仿，大批量地建设，只追求游客的数量，而不注重观光的质量，这种旅游是没有未来的。

我与世界各阶层旅游专家进行了广泛的交流，学到了许多有益的东西。现在关键是如何将先进的理念嫁接到我们庭园的长期发展与宣传上。培育优秀的人力资源，长期进行配置的问题，应该说是成功的一把钥匙。要准确把握好旅游之脉，找到一个切入点，我想这不是一件太难做到的事情。人们在一个新的地方看到一个美丽的环境，自然就会告诉自己身边的人，这也是人之常情。我经常应邀到中国，每当中国的高层领导对我一个韩国农夫盛情款待时，我都要回过头来想一想自己所走过的人生道路。他们的知识水平和高尚的人格让我肃然起敬。

我们思索之苑被来自世界各国的许多游客称赞为“世界最美庭园”、“世界独一无二的地方”。现在从世界各国来访的游客们也常说，他们听到了许多关于思索之苑的故事。有些人甚至访问

没有人会拒绝美丽。我想对人们说，在访问思索之苑时不要只观赏美丽的花木，也要读读旁边的文字，想一想眼前的美丽经历了怎样的过程。

数次。世界看起来很大，但也不是绝对的。人们往往对一个地方产生了好感，对周围的一切也会随之产生好感。

最近有五位德国游客访问思索之苑。游览结束后他们对我说："我们在韩国只游览这个思索之苑，然后马上要到仁川机场，前往加拿大的布查特花园"。说着他们哈哈大笑起来。

要创造世界级的作品并非易事，更不是一个简单的问题。它需要我们用长远的目光，为之付出长久的努力。只有展望未来 30 年、50 年甚至 100 年，赋予它长久的艺术之魂，才会打动世人的心。而且，从政府的角度应该以长期的宣传做后盾。无论如何，我会一如既往，脚踏实地，不骄不躁，正视现实，勤奋努力，把思索之苑建成世界上最美丽的庭园，争取每年让一百万名甚至二百万名游客到此观光游览。

尽管已经迟了，但我还是迫切希望中枢机场计划早日出台。即使进行一系列大规模开发，但是如果人力资源流动不活跃，出现瓶颈现象，那么真的就无药可救了。

来自西班牙的帕特里克·迪亚滋在我们庭园里停留了两天。还有一位法国青年在此停留了三天，他对苑里的职工说，这里将成为欧洲人最喜欢的庭园。如果与济州岛有直航线路，那么每年会有一两千万欧洲游客到这里来旅游。迪亚滋说，在世界植物园中入选联合国教科文组织的只有中、意、英、德四个国家。他认为，思索之苑是一个非常美丽的地方，应该早日在联合国教科文组织注册登记。我想，这足于说明中枢机场建设的必要性。

生命的声音

小鸟的安乐窝

有不少燕子在思索之苑食堂“有缘”的屋檐下筑起了它们的安乐窝。远远望去，能看到的燕巢就有三四个。由于飞到这里的小鸟不断增多，每天清理鸟粪成为苑里职工不少缺少的工作，可是却没有一人抱怨，大家都心甘情愿地去做。提起苑里的小鸟，还有不少故事呢。

每到夏季，在“有缘”旁边的莲花池瀑布边都可以看到成群的小鸟在洗澡，场面甚为壮观。瀑布后面的小山上，叽叽喳喳的鸟叫声不绝于耳。由于这里不是游客涉足的地方，所以小鸟们在这里放心地筑起它们的爱巢。有花花绿绿的，有黑色、白色的，许许多多大大小小的小鸟们在这里飞来飞去，俨然这里是它们的游乐场。一眼能看到的就有绿眼鸟、翠鸟、鹎、燕子、喜鹊、山鸽等。

干活时偶尔回头看一下，就会发现许多三道眉草鹀迈着小碎步跑来跑去。它们竟然不怕人。到了秋天，就会落在盆栽梨树上，明目张胆地叨枝头上的梨。偶尔也会发生一些不幸的事情，一些冒失的小家伙常常一头撞在休息室的大玻璃上摔死。到了冬天小鸟们就会安静一些，不过冬天结果的夏桔、柚子树上照样会有它们光临。

前几年，小鸟们竟然在海松盆栽上也筑起了安乐窝。由于它们把窝建在树枝的隐蔽处，如果不留心去看很难发现。不管怎么说，这些家伙在那里筑巢的目的就是生儿育女。有一天，果然发现窝里有几个小鸟蛋。那时正是摘心的时候，可是小家伙们已经在盆钵里的树枝上筑好了爱巢，无奈只好让着它们了。

摘心就是指每年的6、7月份，除去新枝顶端的芽头，以促使腋芽生长与坐果。摘除叶子的地方很快就会长出新叶，如果叶片过多，就要在长到3~5厘米时再摘一次叶片，那么在冬季到来之前就会形成优美的造型。盆栽通常都是在叶片小、鲜嫩清秀时去参展的。但摘心并不是每年都进行。要根据树木的健康状态而定，有时也会隔一年。看到叶子短小秀美的松树，就会知道今年已经给它摘心了。

思索之苑每天游客如云，可是这些小家伙胆大包天，偏偏在盆栽的树枝上筑巢，让人哭笑不得。不过它们却往往孵化不出自

有树木的地方就有生命。在思索之苑里，鸟儿在树上筑巢，锦鲤鱼在莲花池里畅游。夏天，青蛙和蝉的叫声此起彼伏。深秋，蟋蟀的叫声不绝于耳。

己的孩子。原来布谷鸟悄悄地把蛋下在了这里，可它们似乎没有发觉，把它抱在怀里孵化出来。最先破壳而出的小布谷鸟，把其他的蛋都推下巢，可草鸦妈妈却热心地喂养着小布谷鸟。

在思索之苑的一角专门移植了金桔、柚子、夏桔、柿子等结果实的树木。每到秋季唯独柿子树上落满了小鸟。同样的柿子树，有些树上的果实似乎特别甜。这里很少有游客光临，所以柿子争夺战总是在小鸟与职工之间展开。在柿子树下，这些小鸟警惕地盯着职工的一举一动，稍有侵犯，就会叽叽喳喳叫个不停，非把你赶走才罢休。职工们想吃个果子还得看小鸟们的眼色，所以只能与它们展开一番周旋。

到秋天，还可以看到许多落在盆栽梨树上叨梨吃的小鸟。果子成熟后，一旦它们尝到了甜头，如果没有专人看守，它们就会一点一点都给你吃个精光。有几个聪明的家伙落在附近的树枝上等待时机，只要没人它们立刻就飞过来，很快就会把果实吃光。

每当朝鲜秋胡颓子和木通果成熟的时候，小鸟们就会成为品果师。在盆钵里结出果实不是一件容易的事情，而且结果后保留时间长才会供游客观赏，可是往往果实一成熟就会遭到小鸟们的袭击。

虽然小鸟们常常来捣蛋，不过它们还是有助于树木的健康，因为果实挂在树上的时间越长，消耗能量就越多。这不能不说是一件有趣的事情。

我是一个幸福的追梦人

与济州岛共生存

济州岛气候温暖湿润，虽然石头较多，但由于是火山土，树木生长旺盛，非常适宜盆栽以及各种植物的生长。从亚热带植物到高山植物，应有尽有。特别是汉拿山，不同高度温差变化极大，各种暖带和寒带树种分布十分广泛。

汉拿山目前拥有“汉拿山树木园”。在汉拿山树木园建成之前，也就是20世纪七八十年代，由于盗伐者频繁砍伐，森林破坏十分严重。汉拿山的树木长势喜人，不仅是天生爱树的我，就是任何见了都会为之动容，更何况那些盗伐者呢。每当看到这些树木被盗伐者送到内陆地区或海外，我都像割掉了身上的肉，心疼和难过。

我曾经对当时北济州郡郡守玄治方说：“被称为植物宝库的济州岛怎么能没有一个树木园呢？如果建造一个树木园，大量种植和培育各种树木，供给那些想养树或需要树木的人，这样是不是可以有效杜绝乱砍滥伐呢？而且美丽的树木也有助于旅游业的发展。”

在大规模进行公路扩建工程时期，看到路边的一棵棵大树被砍伐，我心里十分焦急，曾建议：“进行公路扩建工程也不应乱砍树木，这些树木再过些年就会成宝贵的旅游资源，应把它们定为保护树木，认真加以管理。”

今后，我还会一如既往地继续我的工程。短期内完成眼前的石墙工程，再进行已打好基础的西门工程，即盆栽展示台工程，对东门也将进行扩建改造。长远工程就是计划要为前来思索之苑参观的人们提供一个可以学习的空间，使他们更加切身地感受到庭院的情趣。

玄治方郡守对我的话深表赞同。后来，地方有关部门在开发之前对树木保护和树木园建设进行了专题研究，由此建成了现在的树木园。后来我听玄治方郡守详细讲了建立树木园的经过。可是，汉拿山树木园的首任园长洪昌保却找到我说：“不得了了。树木园地方太狭小，地又十分硬，为种树挖的坑一下雨就积水，又无法排水，实在没法种树。”他向我征求意见。我说：“没问题。在那个坑里填满济州岛的石渣，然后上面多上些土种树，这样没问题。现在虽然面积狭小，但首先要开始，以后再慢慢扩大。”园长听了我的话觉得再理儿，高兴地回去了。

现在的汉拿山树木园地方狭窄，要保存目前在汉拿山栖息的树种还远远不够。我觉得假如能在汉拿山 200~500 米高度之间选择一个适当的地方，建设一个世界规模的国立植物园，完整地保存栖息在汉拿山和我国的各种植物，那么就会成为真正的“韩国国立植物园”。假如这一设想能够实现，那该多好啊。虽然这一设想在短期内是不可能实现的，但是，要把济州岛建成一个世世代代的“名胜”，投入 50~100 年的时间也非常值得。

思索之苑的梦想

很多人称济州岛的自然环境是“神的祝福”。如此天惠的环境，给被称为旅游国的韩国提供了无限的发展空间，可谓一块“黄金宝地”。短期投资与开发固然重要，但关键是要建立未来 100 年、200 年的长、短期规划，开发出最有济州岛和韩国特色的多种旅游商品。

济州岛今后需要解决和探索的事情还很多，我们思索之苑也是如此。要达到我所设想的目标相差甚远。在尚未完成的情况下，一步一步地往前走。尽管如此，却还被世界级的专家们称赞为“世界最美庭园”，这让我受之有愧。到思索之苑里来参观的人，似乎不是单纯为了欣赏盆栽而来，人们对思索之苑的整体构图和造景、树木，以及蕴含在其中的哲学、创建者的精神给予的评价远远高于盆栽本身。参观者称赞我一个农夫投入毕生精力营造的思索之苑和盆栽作品为世界独一无二的作品。但是，我深知思索之苑尚有许多不足，因而我更加感激人们对我的鼓励，也感到了沉甸甸的责任。我觉得，如果没有属于我们自己的，独特的世界级旅游资源，我们就没有未来，也很难解决旅游逆差。

多年来，我一直持续进行庭园工程，筑高石墙的工程已接近尾声，东门和北门，以及西门工程都已经结束。长远工程就是要为前来思索之苑的参观者提供一个可以学习的空间，使他们更加切身地感受到庭园的情趣。

1999 年 4 月，时任美国总统克林顿访韩时，双方首脑曾在济州岛的新罗酒店举行正式会谈。克林顿总统访韩前，负责礼宾事宜的工作人员来到我们思索之苑。因为美方要求选择离机场 10 分钟左右的地方，因为找不到合适的地方，便一直来到了这里。他们到思索之苑转了一圈之后惋惜地说："早知这里这么美，该在这里建一个亭子……"言外之意就是，克林顿总统是一位盆栽爱好者，假如思索之苑里有一个合适的场所，即一个亭子，在这里举行首脑会谈也未尝不可。

韩美双方会谈结束二十多天后，那位礼宾官员再次光临思索之苑，与我聊了很长时间后才回去。许多访问这里的名人离开时都恋恋不舍地说："真想在这里住一天啊。"

每当这个时候我心里总是感到很过意不去，迫切地想建造一个可供客人进行短暂休息的空间。庆幸的是现在建起了一个小迎宾馆，可以安排客人在此喝茶、用餐。建一个大规模的还需要时间。

我还准备建一个展示馆，将参观者留下的照片、题词、礼物以及回去后寄来的书画作品集中在一起展示。

此外，我还想建起一个盆栽教育馆。访问思索之苑的游客们，逐渐开始关心盆栽和树木，希望了解更多的相关知识，可现在还不能提供系统的信息。眼下苑里进行的“通过树木学习哲学”只是对树木进行简单的说明而已，无法满足广大游客的渴望。

我经常向职工和家人谈起我的计划，渐渐地获得了“梦想家”的绰号。如今思索之苑的知名度可谓日新月异，我相信不久的将来我的梦想也会变为现实。我们的庭园正在走向世界，今后会有更多的游客光临此地。曾经的乱石地变成今天这座世人喜爱的如梦庭园。我相信，随着时间的推移，一切皆有可能。只是它需要一个慢慢准备的过程，需要为之付出艰苦的努力。

只有放眼世界，吸引更多的国外游客，我们的旅游业才会拥

我真诚希望这座平和的庭园，能给前来这里访问的国内外年轻人注入新鲜活力，成为新生活的转折点。

有更加辉煌的未来。成功属于那些时刻准备着的人。庆幸的是，我的身边有许许多多理解和鼓励我实现“梦想”的人们，我仿佛拥有了千军万马。

附录一

写入中国教科书

2015 年中国初中 3 年级下册《历史与社会》（人民教育出版社）教科书中，刊登了关于思索之苑与我的内容。2014 年，我也曾通过邮箱收到了这个消息，可是真正收到书后，我仍然不敢相信。这是由中国教育部指定的 5300 万中学生学习的教科书，这不能不说是一件大事。书中“从汉江奇迹看文化的力量”的内容中说，韩国之所

义务教育教科书

九年级

下册

历史与社会

人民教育出版社

韩国的现代化过程，充分展现了文化在综合国力中的作用。韩国人崇尚教育，将其视为国家发展的基本动力。但日本的殖民统治使韩国的文盲率高达78%。几经努力，文盲率下降到1958年的4%。在教育投入上，1984年韩国的教育经费占政府财政总投入的13.3%，1993年达到22.3%，遥遥领先于美国、日本、法国等国家。

在韩国的国民教育中，尤其注重弘扬民族精神。成范永的事迹，就是其培育韩国民族精神的典范。

文化，或文化力，是综合国力的重要组成部分。广义上的文化包括科学技术、国民教育、文化事业、人的观念意识、道德规范、文化传统、民族精神等内容。

成范永原是首尔一家树杉公司的老板。1963年，他第一次踏上济州岛。面对曾被日本殖民统治掠夺后留下的荒山秃岭，他放弃大城市的生活，决心改造济州岛。济州岛是火山岛，石多土少。在无水、无电的简陋居住条件下，成范永开始开荒种树。二十多年时间，他共搬 [illegible] 复一年。1992年，占地三万多平方米的林苑终于开园。

图5-56 成范永与他的林苑

成范永以一介农夫之力，耗费多年的生命时光，建造成盆栽园——林苑。他的奋斗历程恰好与“汉江奇迹”同时发生，成范永的名字成为韩国人民开拓进取、坚韧不拔、自强不息精神的象征。

成均馆是韩国古代的最高学府，相当于中国古代的国子监。现在，韩国每年在这里举行仪式，以弘扬传统文化。请你收集相关资料，说明文化对提升其综合国力发挥了哪些作用。

32　第五单元　冷战时期的世界

教科书封面及内容。

以会创造出汉江奇迹，是由于重视对教育的投入，特别是重视对民族精神的培育。并以我为例，把我作为韩国民族精神的代表。教科书中写道：

> 成范永以一介农夫之力，耗费多年的生命时光，建造成盆栽园—思索之苑。他的奋斗历程恰好与“汉江奇迹”同时发生，成范永的名字成为韩国人民开拓进取、坚韧不拔、自强不息精神的象征。

我获得了任何奖都无法替代的荣誉。至今我一直对中国心存感激，此次又给予我这样大的荣誉，让我感到非常荣幸和感谢。

获得中国国家旅游局 QSC 认证

2016 年 11 月，思索之苑获得中国国家旅游局 (CNTA) 实施的中国出境旅游优质服务供应商资质认定。在旅游景区植物园和博物馆中，我苑率先获得认证，在国内第 4 个获得此认证，在世界上第 11 个获得此认证。

优质

CERTIFICATE

兹证明

This is to certify that

思索之苑

Spirited Garden

符合《出境旅游优质服务供应商测评与认定标准》，

并通过中国出境旅游优质服务供应商资质认定。

Is in conformance with the Criteria of Assessment and Certification for China Outbound Tourism Quality Service Suppliers and eligible to obtain the certification.

资质等级：优质服务供应商（初始资质）

Classification: Quality Service Supplier (Primary Qualification)

供应商类型 / Type of Business:	有效期 / Terms of Validity:
Tourist Attraction-type Suppliers	2016/11/18-2017/11/17

Launched and authorized by China National Tourism Administration in 2013, China Outbound Tourism Quality Service Certification Program is Chinese tourism industry's most recognized quality certification program on outbound tourism services. After amendments on its certification Criteria in 2015, the program is now implemented under the support and direction of China Association of Travel Services.

中国旅行社协会

艾威联合

Certificate No.D1011

● QSC 认证书。

举办韩 · 中建交纪念活动

自 1995 年起与中国开展文化交流活动以来，一直希望举办富有纪念意义的活动。2007 年，经韩国外交部批准，在我苑举办了“韩 · 中建交 15 周年 & 思索之苑开园 15 周年纪念活动”。邀请济州特别自治道道知事和首任中国驻韩大使、中国驻韩文化院院长等两国代表，以及期间进行文化交流的两国各界人士和朋友们，举办了文化交流活动，进一步增进了友谊。2012 年，经韩国文化体育观光部批准，举办了韩 · 中建交 20 周年纪念活动。今后，将每五年举办一次韩 · 中建交纪念活动，进一步加强对韩中两国文化的理解与友谊，增进民间文化交流。

● 韩中建交 15 周年暨思索之苑开园 15 周年纪念活动现场。

与中国百佛园缔结友好关系仪式。

中国上海作家协会副主席赵丽宏诗碑揭幕式。

演示紫砂壶制作过程。

书画展示。

韩中建交 20 周年暨思索之苑开园 20 周年纪念活动。

纪念韩中建交 20 周年植树。

韩国文化体育观光部第一次官郭荣镇（左）、中国驻济州总领事张鑫（右）祝词。

中日韩经济发展协会捐赠雕像揭幕仪式。

祝贺晚餐。

附录二

盆栽艺术家的哲学沉思

初冬的夜晚，我在灯下读完韩国朋友成范永先生新著《思索之苑》的书稿，带着难抑的激情，在扉页上写下了两行字：

“盆栽的哲学，哲学的盆栽！”

“一位盆栽哲学家的深沉思索！”

我相信，凡是认真读完这本书的朋友，都会有此同感，不会认为是“溢美之词”。

我和成范永先生从相识、相交到成为好友，很有点传奇色彩。我们之间这段异国情谊，正是缘于他对世界、对人生、对一草一木的哲学思

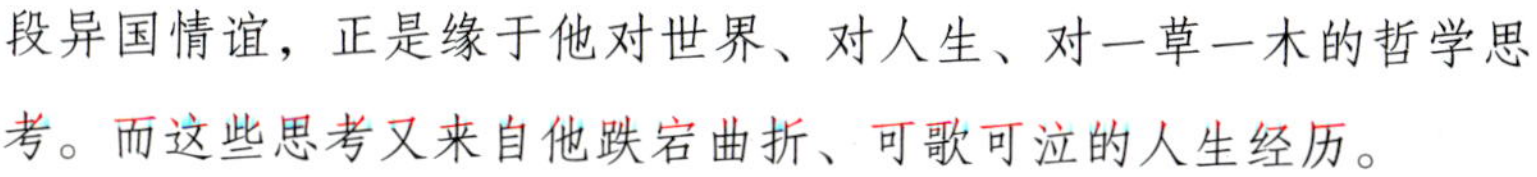

考。而这些思考又来自他跌宕曲折、可歌可泣的人生经历。

我们是1995年11月在韩国济州道相识的。那时还没有今天风靡中国的韩国电视连续剧《大长今》，我对于济州道荒凉可怖的历史可以说是一无所知。但是，当我听他讲述了从上个世纪60年代开始在这块不毛之地艰苦创业，建成占地三万平方米的“思索之苑”的经过，确实被他执着、顽强的精神震撼了。参观结束

即将告别之际，我脱口说了一句："您改变了我对盆栽的观念。"这话引起了成范永先生的兴趣，欲闻其详。于是我们重新回到苑内，在一间幽静的茶室里又畅谈了一个多小时。

我告诉他，我原来对盆栽花木是有偏见的。这种偏见来自少年时代读过的清代文学家龚定庵的一篇文章《病梅馆记》。这篇散文借用梅花盆景影射清王朝扭曲、摧残人格和人性的罪恶："斫其正，养其旁条；删其密，夭其稚枝；锄其直，遏其生气；以求重价"，把好端端的梅花变成畸形怪胎，因此我家里从来不养花木盆景。甚至连周恩来、朱德等国家领导人都为之流连忘返的苏州著名文学家周瘦鹃的盆景苑也没有去观赏过。现在参观了成范永先生"思索之苑"里生机盎然的松、柏、梅、桧、柳，又看了他写的"盆栽三美"、"盆栽十德"、"盆栽十得"等格言体会，才知

骑着自行车前来见作者的范敬宜先生。

道对盆栽花木还有这么多积极的解释！惊讶和感慨之余，也觉悟到世界上竟有那么多未被认识的事物和深奥的道理。

对于我的感慨，成范永先生带着微笑，从容地讲了一席使我难忘的话："我做的事情不是摧残，而是矫正。这些含有野性的花木，经过我的设计、培养、调教，最终成为可以引起人们美感的艺术品，这是多么有意义的事情呀！眼看经过我的手，懒惰的'人'变成勤奋的'人'，粗心的'人'变成细心的'人'，浮躁的'人'变成稳重的'人'，我感到十分自豪。作为父亲，您难道不愿意看到自己的子女在一种严格的教育下成长吗？"

"如果我们对盆栽花木做的工作纯粹是摧残，那么它们的结果必然是死亡。但是，它们并没有死亡，而且学会在有限的生活空间内生活下去，生活得很好，达到了我们需要的美。这种现象给改造社会的人们以启示：应该像制作盆景那样去纠正、制约社会上的不健康现象。社会上有许多事情，是需要我们去管理和纠正的。如果我们大家都养成这种习惯，对社会大有好处。"

听完自称是"农夫"的成范永先生富有智慧和诗意的阐述，我紧紧握着他长满老茧的双手说："您是一位哲学家，希望您写出一部关于盆栽的哲学著作！"他谦逊地说："谈不上哲学，不过我正在做这件事情。"

回国以后，我还为此写过一篇《新〈病梅馆记〉》，发表在1995年11月17日的《人民日报》上。

匆匆十年过去了。十年间，成范永先生的"思索之苑"不断发展，已经誉满全球，成为各国政要和旅游者到韩国时必访之地，成范永的名字也和“大长今”一样，成为韩国人民坚韧不拔精神的象征。江泽民、胡锦涛等中国领导人参观“盆栽艺术苑”后，都对成范永半个世纪来创造的奇迹给予高度评价。而成范永先生依旧像十年前一样质朴、勤勉，工作之余，每天都挤出时间写他的《思索之苑》。中译本完稿后，他匆匆赶到北京，把书稿交给人民出版社。他深情地对我说：“人民出版社是中国最权威的出版机构，由它出版最能表达我对中国的感情！”

现在，这本用心血和智慧写成的书已经摆在读者面前。用不着我再浪费笔墨介绍和赞美。我相信，无论是谁，只要翻开第一页，都会被它深刻的思考和优美的文笔所吸引，然后完全陶醉在那位与花木相依为命、在与花木的朝夕“对话”中迸发灵感的哲学家的内心世界。并通过他的所思所感，学会如何去面对人生，理解人生，改变人生。

最后，作为本书的忠实读者，我还要感谢中文版译者李玉花女士，是她流畅的译笔，帮助我毫无障碍地走近成范永先生的心灵。

范敬宜

2005 年 12 月 1 日

（作者系《人民日报》原总编辑、

清华大学新闻与传播学院院长）

附录三

新《病梅馆记》

原载于《人民日报》1995 年 11 月 17 日　范敬宜

不久前，我曾参观韩国济州道“盆栽艺术苑”(即盆景公园)，同苑长成范永进行了一次很有趣味的交谈。

话题是从龚自珍的《病梅馆记》引起的。在走马观花地看完了占地三万平方米的盆栽艺术苑后，成范永先生请我到茶室品茗，并问我对盆栽艺术的印象如何。我告诉他，看了这里千姿百态的盆栽以后，我改变了对盆栽花木的成见。这种成见，是少年时代读了清代文学家龚自珍的《病梅馆记》以后形成的。

成范永先生显然很感兴趣，要求我讲下去。我只好努力搜索自己的记忆，给他讲了《病梅馆记》的梗概。龚自珍在这篇文章里，借“病梅”——即由人工造成的畸形的梅花盆景——影射清王朝摧残人才的罪恶：“斫其正，养其旁条；删其密，夭其稚枝；锄其直，遏其生气；以求重价”。可是看到这里富有生气的盆栽松、柏、梅、桧、柳，又读了成范永先生撰写的《盆栽三美》、《盆栽十德》、《盆栽十得》，才知道对盆栽花木竟然有这么多积极的解释，很有感慨。正如古人说的，“览物之情，得无异乎”——在不同的时代里，在不同的心境下，对同一事物的看法可以完全不同。

成先生笑道："我过去不知道龚自珍，但是抱有他那种观点的人，这里也有。"去年有三十多位学者到这里来参观，有的指责我说："你太残忍了，把好好的天然花木摧残、扭曲成这个样子！"我说："你这是无知！我做的事情不是摧残，而是矫正。这些含有野性的花木，经过我的设计、培养、调教，最终成为可以引起人们美感的艺术品，这是多么有意义的事情呀！眼看经过我的手，懒惰的'人'变成勤奋的'人'，粗心的'人'变成细心的'人'，浮躁的'人'变成稳重的'人'，我感到十分自豪。作为父亲，您难道不愿意看到自己的子女在一种严格的教育下成长吗？"

"再说，如果我们对盆栽花木做的工作纯粹是摧残、扭曲，那么它们的结果必然是死亡。但是，它们并没有死亡，而且学会在有限的生活空间内生活下去，生活得很好，达到了我们需要的美。这种现象给改造社会的人以启示：应该像制造盆景那样去纠正、制约社会上的不健康现象。社会上有许多事情，是需要我们去管理和矫正的。如果我们大家都养成这种习惯，对社会大有好处。"

我说："成先生，听了您这番话，我想起一件往事。过去我看到林业上有个术语，叫'抚育'，以为只是浇水施肥。后来参观了林场，大吃一惊，原来抚育就是用斧子砍，用剪子剪，有的几乎把旁枝都砍光了，看样子非常可怜。可是技师告诉我，如果不这样狠心，它就长不好，成不了材，只能成柴。"

成先生听了非常开心，笑道："看来，世界上真正爱树的人的心是相通的，您可以写一篇新《病梅馆记》了！"

附录四

盆艺与人生

原载于《人民日报》2003年11月21日　张研农

韩国济州岛上有一位从事盆栽艺术的成范永先生。1995年深秋，时任人民日报总编辑范敬宜在济州同他进行了一次交谈，并以《新〈病梅馆记〉》为题作一短文，介绍给中国读者。

时隔8年，人民日报代表团再次访问了成范永先生。老人听说我们来了，急忙迎了出来，半旧的工作服散发着泥土的芳香，饱经风霜的脸上露出亲切的笑容，给人留下刚毅、朴实、真诚、可敬的深刻印象。

成范永先生把他创造的“盆栽艺术苑”，也称作“思索之苑”。这艺圃占地3万多平方米，在一片荒地上历经30多年艰辛耕耘而成就。如今，2000多个艺术盆栽和景致，千姿万象，精美奇特，给人以美的享受；从这些作品中，更可以感悟到一种精神的力量，予人以心灵震撼。成范永老人平静地说，“其实，培育盆艺同塑造人生是相通的，花木要个性鲜明、独一无二，就要经过设计、修理、矫正；人要成才，也要经历教育、限制、约束。”他还说，“这是一个过程，坚实的辛劳方能收获丰硕的果实，完善的艺术作品需要伴随高尚的精神追求。”他总结了“盆栽十德”，其中有通过盆栽，“培养出施惠别人之善心”，“培养爱情、谦逊、让步之美心”，“体验自然之真理从而祛除贪心”，“学习创新和智慧”等。老人的话和实践心得，很自然地让人联想到我们常讲的德艺双馨、艺高德昭，做事与做人相统一、改造客观世界与改造主观世界相结合的道理。

有志者事竟成。这句古话，用在成范永先生身上是非常贴切的。为了盆栽艺术苑，成先生矢志不渝，坚韧不拔，从不懈怠，从不浮躁。财力不足，转做其他工作，再把挣来的钱一点一滴投进来；体力透支，先后6次手术，稍事休养又不停顿地接着干。日复一日，年复一年，涓涓细流，汇成江海。当我们赞叹他的成就时，成范永老人仍然是那样平静地说，“这艺苑的规划还没有完成呢。”他指了指一堆各式各样的陶盆，“这都是最近从中国买来的，有许多的事还等着我抓紧做。”真是一位值得尊敬的老人，这盆栽艺术苑折射的是老人的心灵之美，这思考之苑展现的是老人的精神世界。

成先生刚毅坚强又极富感情。谈到中国领导人和中国人民，老人动容了。他说，“1995年，在我困难的时候，江泽民主席来过，亲笔题名作为留念，给我巨大鼓舞；1998年，胡锦涛副主席来过，还表扬了我的艰苦创业、自强不息的精神，使我增添了信心和力量。”老人还说，“我多次去过中国，每次都深深感受到中国人民的热情友好。盆栽艺术发祥于中国，我和中国同行处得非常好。”说着说着，老人眼里闪着泪花，我们也都被感染了，触景生情，留下四句话：济州多仙境，至美属盆艺，现代承传统，中韩友情深。

再见，成范永老人，有机会一定再来看望您，也希望在中国见到您。

附录五

成范永和他的“盆景艺术苑”

原载于《光明日报》2004年12月23日

记者　李景瑞　刘希全　龙　军

“天、地、阳光、风、云彩、雨、邻居、济州岛、祖国，这些都是我的创作动力，支撑了我30多年。希望我们的盆景艺术能够发扬光大，也希望各位能分享一个农夫的喜悦。”这质朴、情深的言语，发自韩国济州岛“盆景艺术苑”苑长成范永的肺腑。

成范永，中等身材，脸色黝黑，头发花白。多年的劳作，使他的双手粗糙，指节粗大。他穿一件半旧的工作服，饱经风霜的脸上露出亲切的微笑。看上去，农夫般普通、憨厚、朴实。他说：“我生于农村，又在这里劳作了30年，是一个农夫。”正是以农夫之坚毅，他硬是把3万多平方米的野岭荒地，改造成一片锦绣天地。他栽培的100多种温带和亚热带乔灌树木，畅茂秀润，摇曳多姿。他培育出的2000多个造型各异的艺术盆景，或雄奇遒劲，或苍茫蓊蔚，或空灵娟逸，或潇闲秀雅……

“开始时，的确艰难！”回忆往昔，老人的语调低沉而平静。30年前，成范永在首尔经营一家小公司。1963年，他第一次踏上济州岛，就被岛上原始、自然的景致深深吸引。在这蛮荒之地，他仿佛看到了自己的梦想：开辟农场，创造充满绿色和美的乐园。当年，他举家迁居济州岛，用石块搭建了简陋的住房，开始了农夫生活。

"当时这里没有水电，我必须储存雨水、点上灯笼工作。亲戚、朋友都觉得我疯了。可我坚持开荒，向人们请教种树的技术。这么多年，我坚信，只有付出，才会有收获。"老人的话语里，透露出刚毅和坚强。

种树要有土，而济州岛却缺土。他一车车地搬走岩石，再从远处运来泥土，一天到晚，忙个不停。期间，他曾五次被石块压伤住院。对成范永来说，最困难的是没钱。他常常外出打零工，挣到钱后再投进园林建设。他说："看到树木逐渐展现美丽的姿态，我就感到欣慰。"正是树木的姿态，使他迷上了盆景艺术。他多方请教，不断琢磨，进行栽培实践，自创了一些新方法，终于成为一名盆景艺术家。

盆景艺术苑的参观者，络绎不绝。人们既为他的盆景艺术所叹服，又被他撰写的"说明词"所吸引。请看："这棵树的树龄为100多年，这不是三棵树合在一起的，而是其树心因腐朽而空。本来，树的木质部分脆弱，表皮部分结实。树木的木质部分腐朽了才能有宽阔的空间，人也是经过操心、费心的历程，才能成为宽宏大量的人。"有些说明词，则介绍了盆景的制作方法，如："用这种方法反复矫形，就会长出理想的形状。像一个人出生后，经过各种教育，经受种种磨难一样，树木在人的精心培育和爱护下才能有美丽的艺术形象。像制作盆景一样，美好的东西不是一蹴而就，需要时间，需要琢磨。"

这些语句朴素，清新，别有风采。不少参观者在默念或抄录。他还结合自己的实践，总结出“盆栽十德”，如“体验自然之真理而祛除贪心”、“培养爱情、谦逊、让步之美心”、“学习创新和智慧”等等。老人说：“只有正确理解盆景，才能欣赏盆景。大多数人认为盆景栽于室内，却不知盆景栽培于室外才会长得更健康更美丽。”

成范永制作盆景用的陶盆，有许多是从中国买的。说起中国，老人神情凝重，声音有些颤抖：“1995年，在我困难的时候，江泽民主席光临这里，并亲笔题名。1998年，胡锦涛副主席光临这里，称赞我艰苦创业，自强不息。这些，给了我巨大的鼓舞，使我增添了力量和信心。”

老人对中国怀有深厚的感情。1996年以来，他去中国已达26次。“盆景艺术源于中国，又经韩国传到日本。对中国文化，我一直怀着景仰之心。我最大的遗憾，就是中国的绿化规划设计和园艺水平，与世界先进水平相比，差距还很大。”他轻叹道：“我不久前参观过北京植物园，发现那里用的还是60年前的技术。有许多新技术，在中国没看到。”他到过中国的十多个城市。“但公路两旁，街心公园，大多是十分相似的绿化带，感受不到城市之间的差别。城市独有的植物景观，能陶冶性情，是城市的宝贵财富，是很好的旅游资源。”

他建议中国有关部门就园林建设等进行专门研究，制定出好的规划，恢复中国在园林艺术方面曾经有过的水平和在世界上的地位。

附录六

走进最美庭园

李玉花

经过两个多月的紧张工作，新年伊始，我终于为《思索之苑》修订增补稿的翻译画上了句号。然而，我的思绪却久久地停留在那美丽的庭园“思索之苑”中。

自2004年起翻译成范永先生的第一部书《思索之苑》，我便与“思索之苑”和成范永先生结下了不解之缘，2013年翻译了他的第二本书《草木人生》。十年来，我与“思索之苑”的一草、一木、一石也结下了深厚的感情，从字里行间感受到了“农夫”的智慧以及他对草木的无限热爱。2012年还参加了在思索之苑举办的“中韩建交二十周年暨思索之苑开园二十周年”纪念活动，见证了成范永苑长作为民间外交家为中韩友谊的发展所做出的巨大贡献。

在《思索之苑》的修订增补本中，成范永苑长对旅游设施、生态环境、资源配置、园林建设等方面发表了独到的见解。希望多开发一些令人“感动”的旅游，他说只有感动才会让旅游产生“意义”。他的“思索”已经超越了思索之苑的范畴，站得更高看得更远了。记得2006年第一次出版《思索之苑》时，范敬宜先生在序言中称他是“盆栽哲学家”。我觉得他更像一位“教育家”

和“外交家”。我想读了这本书，大家也会有同感。

一晃与成范永先生相识已经十余年了。我觉得认识这位韩国“农夫”是我一生的荣幸。

记得那是2004年8月的一天，我所在的广电局老局长对我说，韩国济州岛盆栽艺术苑的苑长成范永先生随一个企业考察团到延边访问，他带来了一本自己写的书，想翻译成中文，老局长推荐了我。我爽快地答应了。

我来到考察团下榻的纽考阿山庄见成范永苑长。一位衣着朴素，笑容可掬，长着一副菩萨面孔的老人出现在我的面前。他与我握手时自我介绍说：“我是济州岛农夫成范永。”朴素的着装，粗糙的大手，似乎刚刚放下手中的农活儿赶来，的确像一位勤劳的“农夫”。互相做了简单的自我介绍后，成范永苑长拿出了《思索之苑》，并向我介绍了他的盆栽艺术苑（原名盆栽艺术苑）。那时，我第一次听说济州岛有这样一个地方。他说，他很喜欢中国，有很多中国朋友，中国的游客也很喜欢他的盆栽园，江泽民主席、胡锦涛副主席也曾访问过这里。所以他想翻译这本书，献给更多的中国读者。我接过书翻了翻，看到里面有许多美丽的盆栽图片，还有许多关于盆栽养护的专业知识，盆栽制作过程，对各类植物的描写等等。这让我心里没了底儿，不知道自己能否翻译好它。犹豫了一下之后，我决定放弃。于是对成范永先生说：“真是抱歉，我觉得这本书专业术语太多，我对盆栽又一窍不通，恐怕翻译不好，您还是找懂盆栽的人翻译比较好。”听了我的话，成苑长笑着说：“翻译不了没关系，这本书送给你，可以拿回去读一读嘛，了解一下我们的盆栽艺术苑，以后有机会一定到济州岛来看一看。”我带着一脸歉意与成苑长道别。

晚上，我在灯下打开了这本书。慢慢的，我被他优美的文字所吸引，一页一页地读下去。这哪里是盆栽专业书籍啊，它分明一个园丁与草木的对话，是一个智者对大自然的感悟，他赋予草木、石头以生命，字里行间充满了哲理性。一个晚上，我已经看完了一多半。我改变了主意，决定翻译它，尽管难度不小。第二天，我给成苑长去了电话，我说我决定翻译这本书了，但请您给我充足的时间，我一定会尽最大努力去翻译。听了我的话，成苑长高兴地说：“谢谢啊，不用急，只要能翻译好就行。”就这样，我和《思索之苑》一起走进了这座美丽的盆栽庭园，走进了“农夫”成范永的内心世界。

在翻译此书的过程中，一本国内出版的“盆栽制作与养护”的书籍几乎让我给翻烂了，我俨然成为理论上的“盆栽专家”，成为成范永先生的“同行”。什么“翻盆换土”、“摘芽”、“木瓜的习性”、“曲干式”、“文人式”、“悬崖式”我可以说得条条是道。在电视上看到台风登陆的消息，看到济州岛下了暴雨，我和成范永先生一样牵挂着庭园里的每一株盆栽，每一棵树木。更重要的是通过这本书的翻译，让我懂得了盆栽更深层的含义“盆栽不是对自然的简单模仿或缩小，它是以自然物为素材，按照自然界的规律，发挥人的审美意识和个性，创造出比原有的自然物更加美丽的作品。盆栽是一个创造美丽的过程，在大自然的指点下，使人的心灵与大自然和谐融为一体。”在翻译的过程中，我更是学到了一种精神，执着的开拓精神和艰苦奋斗的创业精神。也许这正是许多现代人所缺少的。

近半个世纪以来，他投入自己的全部精力，将一片荒凉的乱石地建成了世界最美盆栽庭园，如果没有恒心与毅力是难以做到的。

成苑长说："也许在很多人看来，庭园里的生命是在自己生长，自己开花，自己结果的。其实不然，它们为了冒出小米粒般的新芽，为了绽放一朵小小的花蕾，要从几个月，甚至几个季节前就开始计划着，准备着。因而，懒惰者是无法守护庭园的。庭园是一个让勤劳者更加勤劳的地方！对我而言，栽培树木的事情就是恋爱，就是劳动，就是思索，就是学习。此书就是我和树木相爱，劳动，思索，学习的记录。"

《思索之苑》修订增补本内容更加丰富充实，通过小小盆栽让我们看到一个广阔的世界，学到更多的人生哲理。正如成苑长所说："世上有无数的眼睛和耳朵，如果都是同样的想法，那么世界就不会进步，只能停滞不前。有不一样的眼睛和耳朵，有不一样想法的人，才会让这个世界发展和变化。"此书让我们看到一位"农夫"是如何改变世界的。

值此《思索之苑》中文修订增补本出版之际，作为译者，我真诚希望广大的中文读者，通过《思索之苑》来一起分享与"树木"交流的愉悦和美丽的秘密！在心中种下一棵树，精心培育，一同成长，像成范永先生那样，做一个美丽的创造者和建设者。

译者　李玉花　于延吉

（译者李玉花系延边广播电视台人力资源部主任）

2015 年 1 月 20 日

责任编辑：孙兴民　许运娜　李贞美
封面设计：宁成春
版式设计：王　婷
责任校对：吴海平　张　彦

图书在版编目（CIP）数据

思索之苑
【韩】成范永／著　李玉花／译．—北京：人民出版社，2006.1
（2017.2 重印）
ISBN 978－7－01－005376－9

Ⅰ. ①思…　Ⅱ. ①成…②李…　Ⅲ. 散文－作品集－韩国－现代
Ⅳ. I312.665

中国版本图书馆 CIP 数据核字（2006）第 003971 号

本书根据韩文版 2004 年版翻译，2017 年经修订增补并翻译后出版修订增补本。中文简体字版由作者成范永先生授权人民出版社出版，未经出版者授权，不得以任何方式复制或抄袭书的任何部分。
著作权登记号　图字：01－2006－0580

书　　名　思索之苑（修订增补本）
　　　　　SISUO ZHIYUAN
作　　者　【韩】成范永／著　李玉花／译
出版发行　人民出版社
邮购地址　100706　北京市东城区隆福寺街 99 号
网　　址　http://www.peoplepress.net
印　　刷　廊坊市蓝菱印刷有限公司印刷　新华书店经销
版　　次　2006 年 1 月第 1 版　　2017 年 2 月第 2 次印刷
开　　本　635 毫米 ×965 毫米　1/16　印张：17.875
字　　数　189 千字
书　　号　ISBN 978－7－01－005376－9
定　　价　68.00 元